精神病とその周辺

——統合失調症と歩む

竹林館

精神病とその周辺

―― 統合失調症と歩む

目次

＊本書は詩誌「リヴィエール」に二〇〇五年五月から
二〇一八年三月まで連載されたものである。

精神病とその周辺

——統合失調症と歩む

分裂病という言葉にこだわって

九年前の話になるが、一九九六年堺市で行われた『精神保健福祉セミナー』に初めて参加した。そのときわたしは、「精神分裂病という言葉は、精神が分裂しているように受け取られるので、名称変更をすべきではないか」というような発言をした。同じ当事者から反論があった。「名称にこだわるよりも、偏見や差別のない運動のほうが大切ではないか」というような内容であったと思う。

わたしが発病し、精神科の初診を受けたのは一九八一年の四月、三十五歳のときであった。精神分裂病と診断されてからも、わたしは十六年もの間、自分自身が病気であるという認識がもてず、医者も会社も周囲の人もグルになって、わたしを〈精神分裂病〉にしておこうとしているのだと妄想していた。妻が入院に反対したので、入院体験のないわたしは、病気の仲間の話を聞くこともなく、まったく孤立していた。あくまでも自分は正常で、自分をとりまく外界のほうがおかしいのだと思っていた。転機は一九九六年、五十一歳の十二月。同じような病気の仲間と出会うことができ、幻聴の話や妄想の話を聞き、それらの話が妄想だと気づくことによって、自分もまた妄想を抱いていたのだ、病気であったのだと気づかされた。人の振り見て我が振り直す。自分だけでは気づかなかったが、病気の仲間と触れ合うことで、気づかされた。

精神病に対する知識もなく、敵の回し者か敵の同調者と見なしていた主治医には、本音や本当のことを語れず、妻や親しい詩人の仲間も、何か事情があって、わたしを〈精神分裂病〉ということにしておこうとしていると妄想していたわたしは、ただただ孤立を深めるばかりであった。幸いにも仲間との出会いがあり、似たような体験を聞くことによって、自分もまた病気であることを知る機会を得た。病識がもてたのは仲間の力である。仲間によって、わたしは救われた。

しかし、自分は病気だと知ることと、そのことを受け入れる気持ちになることとの間には、大きな隔たりがある。〈精神分裂病〉という言葉にこだわった、冒頭のわたしの発言は、わたしが仲間と出会ってまだ間もないころ、自分は病気だと気づきはしたが、病気を受容するまでには至っていなかったころの発言である。世間が偏見をもっているだけではなく、自分自身が精神病に対して偏見をもっていた。

〈気が狂う〉という言葉は、今では差別・偏見を助長する言葉として使われなくなっている。しかし、〈こころの病〉とか、〈精神病〉という言葉は、今も使われている。確かに、肉体的な病気ではない。しかし、〈精神〉とか〈こころ〉が病んでいると言われると、待てよ、そうじゃないと反発するのが、多くの精神病者の反応だろう。当事者だけでなく、ほとんどの人間が〈精神〉や〈こころ〉が〈病気〉だと言われて、ハイそのとおりですと言うわけにはいかない。なぜ、そうなるのかというと、〈精神〉や〈こころ〉という言葉は、人間性と深く関わっている言葉だからだ。こころざし、スピリット、魂というものも当然含まれる。それらが病んでいるとか、病気だとか言われると、人間性まで否定されかねない危険性をはらんでいる。〈精神分裂病〉という病名に至っては、精神が分裂しているような錯覚を与え、聞くだけでおどろおどろしい印象を与える。

二〇〇三年、〈精神分裂病〉は〈統合失調症〉という名前に変わった。今までの病名に比べて悪印象ははるかに緩和されているが、それでも問題がないわけではない。〈統合〉が〈失調〉している病気として、また言葉が一人歩きしてしまい、新たな偏見を生み出しかねない。〈精神障害者〉という言葉もそうである。確かに、当事者が生きていくうえでは困難やハンディを伴うが、〈障害者〉という言葉には本人へのマイナスイメージがつきまとう。さしさわりがある、がいがある、と世間から見られているような印象を与える言葉でもある。身体障害者は障害は当事者側にあるのではなく、社会の側にあるとして、いちはやく運動を進めている。それに比べて、精神病の当事者の運動はかなり遅れていると言わざるを得ない。

2 初診のころ

わたしが統合失調症（精神分裂病）と診断されたのは、一九八一年四月、三十五歳のときである。妻に連れられてアルコール専門病院に行ったのだが、普段は一滴も酒を飲まないわたしは、肝臓などどこも悪くはなかった。「あなたはアルコール依存症ではありません、精神分裂病です」と言われ、他の精神科病院を紹介された。自分が病気であると認識できることを、「病識がある」と言う。わたしの場合、自分は統合失調症だという病識がもてるには、ずいぶんと長い年月がかかった。ドーパミンやノルアドレナリンやセロトニンなどの脳内ホルモンの分泌異常があり、その対処療法として抗精神病薬を飲む必要があると理解できたのは、一九九七年あたりになってやっとであり、病識がもてるまでに実に十六年もの歳月が流れている。

統合失調症の場合、迫真的で、リアルな現実として、自分をとりまく世界が変容する。眼はビデオカメラとなり、耳は盗聴マイクとなり、それらは転送される。思考や感情、肉体までもが操られる。思ったことまでもが筒抜けになっていて、奇異な思考や感情が吹き込まれる。あるいは正常な思考や感情が奪い去られる。幻聴や幻視や幻臭や、その場にいない人までの気配が感じられる。絶えず見張られ、監視され、攻撃や干渉をしてくる。敵味方が、めまぐるしく動き回り、ときには入れ替わる。延べ何万人と押し寄せてくる不特定多数の人と、身近に知っている人が、一言・二言、何か意味のありそうなことを言っては去っていく。緊張の連続のあまり睡眠がとれず、自律神経さえもおかしくなっていく。

統合失調症の陽性症状がひどい場合、自分の脳がおかしいとは考えられず、外部がおかしいと感じられる。敵がいて、秘密結社があり、その最高責任者がいるはずだと思うが、敵は正体を明かさず、いつまでたっても実体はつかめない。自分は攻撃されているという被害妄想が、自分は特別な人間だという誇大妄想に変わる。人間を自由自在に操ることのできる特殊な何かがあって、それは世界的な秘密事項にされている。自分だけがそのことに気づいていて、他の人たちも操られているのだが、それに気づいていないだけだ。世界的な秘密兵器や秘密結社のあることを知ってしまった男。だから敵はわたしを生かさず殺さず、何万人ものエキストラ、暴力団や警察や心理学者までも総動員して、わたしを試そうとしてモルモットにしているのだ。

だから、わたしは戦わなければならなかったし、戦い続けていた。医者から「あなたは精神分裂病です」と宣告されたとき、敵は病院にまで手をまわし、わたしを精神病扱いにするのかと思った。自分の無力感、絶大な敵の権力機構を前にして、なすすべもない自分を知り、悔し涙が溢れた。

ぐったりと疲れきり、病院のソファーで仰向けになっていたわたしに、妻は水の入ったコップと薬をもってきた。わたしは毒薬だと思っていた。昨夜は一睡もしないで、幻聴とやり合っていた。世界的な秘密事項を新聞やテレビで公表すること。その代わりに、わたしが人体解剖をされること。わたしの死と引き換えに、すべてを公表する約束が幻聴との間でできていた。四面楚歌の中で、妻との信頼関係だけは保たれていた。わたしは妻を愛していた。わたしが死ぬことを妻が選択したのなら、それはそれでいいと思った。妻もまた世界的な秘密事項が暴かれるほうを望んでいるのだ。ぐっと薬を一息に飲んだ。それがわたしの抗精神病薬との初めての出会いである。

わたしは死ななかった。妻は主治医の勧める入院を断ってくれ、六週間の自宅療養となった。寝たきりの生活を自宅で過ごした。セレネース二錠、ドグマチール二錠に副作用止めのアキネトンを一錠、朝・昼・夕に飲んだ。こめかみのあたりが締め付けられ、ロレツが回らない。よだれが出る。アカシジアという副作用だとあとで知るが、横になれば起きたくなり、起きればすぐに横になりたくなって、同じ動作を続けていられない。体がだるく、重い。頭もぼんやりとして、考える気力も湧かない。しかし、機関銃の乱射のような幻聴は、雨垂れのように少なくなった。薬を飲むと敵は攻撃の手を緩めるのだろうと妄想した。

言葉について

わたしはこのエッセイで〈精神病〉とか〈精神障害者〉という言葉を使っている。そのような言葉遣いに対して全面的に賛成しているわけではない。それらは現実に合致した言葉ではなく、ともすれば誤解や偏見を生み出しかねない言葉である。が、ほかに適切な言葉も見つけ出せず、すでに一般的な言葉として流布されているので、あえて既存の言葉を使うことにした。

〈精神病〉を〈心の病〉という言葉に置き換えたり、さらに〈心〉という漢字を用いずに、〈こころ〉という平仮名に置き換える試みもなされている。〈障害者〉の〈障〉も〈さしさわりがある〉というマイナスイメージの言葉なのだが、なぜか〈害〉のほうにだけこだわって、〈精神障がい者〉と〈害〉だけを平仮名にしたりもしている。

しかし、これらの言葉の言い換えは、偏見をなくしプライドを回復しようという意気込みには意味があるものの、言葉としてはやはり不適切で、小手先だけの言い換えに終わっていて成功しているとは思えない。

小学五年生から家出をする高校一年までの六年間弱と、大学を中退して、日雇い生活に入った二年間、合わせて八年近くを釜ヶ崎で生活していた体験をもつ。炎天下に、汗だくになってツルハシやスコップを振るい続けたり、ホコリまみれの危険な建築現場でケガをしたこともあるが、〈肉体〉という労働力は売っても〈精神〉は売らなかった。〈渇しても盗泉の水は飲まず〉という自負だけはもち続けていた。

わたしの住んでいた東入船町は萩之茶屋一丁目と町名も変わった。西入船町、海道町などの町名もなくなった。そして、釜ヶ崎は愛隣地区と呼ばれるようになった。しかし、そこで生活してきた者にとって、いまさらはやりもしなかっただろう。〈愛隣地区〉とは面はゆい。〈釜ヶ崎〉と呼ぶほうがわたしにはしっくりとくる。そう呼ばれた街で少年時代を過ごし、そう呼ばれた街で青年時代を過ごしてきた。多くの汗と涙がその街にはある。〈釜ヶ崎育ちでなんで悪い〉という抵抗感覚がそこにはあるのだ。『釜ヶ崎人情』という演歌がヒットしたが、『愛隣地区人情』では

精神科医に「精神分裂病です」と宣告されてすでに二十五年。自分がおかしいのではなく、自分をとりまく人や世界がおかしいと感じていた。わたしには病識が欠落していた長い期間があった。仲間との出会いで、やっと病識がもてるようになった。病気だと分かることで、秘密結社に狙われていないことを知り、緊張感がやわらいだ。病気なら治さなければならない。医者の言うことも聞いて、薬を飲み、休養も取らなければと思えるようになった。同時に、自分は精神病者であり精神障害者であることも知って、落ち込んだ。自分が駄目な人間のように思え、出口を見いだせなかった時期がさらに五年ほど続いた。なまじ病気であることを隠そうとするから、卑屈になったり負い目を感じたり、自分はダメな人間だと思ってしまうのだ。あるいは、もう治った、もう自分は病気ではないと思い込みたがる。そして調子をくずすたびに、やはり自分は病気であることを思い知らされるのだ。精神病に対する偏見は世間うんぬんという前に、まず自分自身の内部にあることを知らなければならない。自分の内部にあった精神病者への偏見を見つめること。克服はそこから始まる。

顔も本名も病名もおおやけにして、積極的にカミングアウトするようになって、まだ二年しか経っていない。精神障害者は汚職や談合をするわけではない。天下りをするわけでもない。弱者いじめや他人を傷つけて平気なわけではない。戦争をしようとするわけでもない。そういう意味では、〈精神〉も〈心〉も病んではいない。しかし、〈精神障害者〉という言葉が広く流布されている。カミングアウトには、〈精神障害者でなぜ悪い〉という抵抗感覚が含まれている。精神障害者に対する偏見や無理解が感じられるからこそ、戦っていかなければならないという気概も生まれるのだ。精神科医や専門家からのアプローチだけではなく、当事者のことは当事者が語らねばならない。それは戦争に反対して、平和を求めるレジスタンス闘争の一部でもある。

一割負担について

大変なことになってしまった。二〇〇五年九月十一日の衆院議員選挙で、自民党と公明党の与党が絶対的多数を占めてしまった。北朝鮮のような独裁政治より多数決の方がはるかにましだが、多数決で決められた法律は、否応もなく少数者である弱者に襲いかかってくることがある。民主主義というオブラートでくるまれてはいるが、力をもつ多数派が、少数派である弱者に不利益な法律を作る。

実は、解散前の国会、『郵政民営化法案』の陰に隠れて知らない人たちが大多数だが、『障害者自立支援法案』が審議されていた。民主・共産・社民は反対したが、自・公の賛成で衆議院を通過し参議院に回されていた。それが国会解散で廃案になり、とりあえずはホッとした。活動している障害当事者や家族や関係者は、自・公が過半数を割り、『障害者自立支援法案』が再上程されないか、少なくとも当事者の願いや希望が考慮された修正案になることを期待していた。しかし、選挙結果は、参院でいくら反対多数になっても、再度衆院に回されどんな法律でも通されるという構図になってしまった。おそらくこの秋の国会で、『障害者自立支援法案』はほとんど無修正のまま再上程され、絶対多数で可決され、法律となってしまうだろう。

知的や身体の障害よりも、かなり遅れて運動が出発した精神障害者の立場から言えば、『自立支援法案』のなかの『三障害の統一』をうたった部分はかなり評価できる。しかしながら、もともとが福祉予算をより拡充させようという方向ではなく、いかにして福祉予算を削るかという発想から出された法案である。ゆくゆくは「介護保険との統合」も考えられているらしいが、それも福祉予算を増やそうというのではなく、減らそうという考えからである。

だから、統一や統合は、必ずしもプラスに働かないで、むしろマイナスになるのではないかという不安・疑念は消えない。身体や知的にとっては、サービスの量や質をレベル・ダウンすることでの統一。精神にとっては、そんな程度なら障害にも当たらないとして切り捨てていくことでの統一。いずれにしても、それぞれの障害特性にじゅうぶんな眼が行き届いていない結果である。なぜ、とんでもない法案が上程されるか。それは、「当事者の問題は当事者に聞く」という基本姿勢が忘れられているからだ。当事者の意見や願いに耳を傾けないで、当事者をぬきにして、福祉予算を減らすにはどうするかが先行してしまうからだ。

『障害者自立支援法案』の最大の難点は、障害者にも一割の自己負担を法的に強制することだ。医者に診てもらうのも、精神の薬を貰うにも、作業所や支援センターに通うにも一割の負担が必要になる。正確な金額はまだ不明だが、例えば作業所に通うには月一万五千円ぐらいの利用料が必要だろうと言われている。

親に負担ばかりもかけていられない。心苦しく片身が狭くなり、親子関係もおかしくなっていく。どうしても親に遠慮をしてしまう。友だち関係ができ、せっかくなじんだ作業所への通所も、月に一万五千円必要だとなれば、これ以上親に負担をかけられないと思い、利用できなくなる。場合によっては、精神科への通院さえできなくなり、薬も飲めず病状を悪化させてしまうケースさえ出てくる。たかだか一割負担だというが、収入も確保されていない当事者にとってはまさに死活問題だ。親に市民税を払うだけの収入があるかどうかで、一割負担にしてしまうのではなく、あくまでも障害者本人に収入があるかどうかで、負担は決められるべきなのだ。特に精神障害者の場合、医療保護入院という制度がある。いくら本人自身が精神科病院への入院に反対していても、親の同意を得て入院させてしまうという制度だ。本人が入院を拒否しているのに入院させるなどということは、内科や外科ではありえない。精神科だけがまかり通っている。一割負担制度は、親や保護者に責任を押し付け、医療保護入院をさらに助長してしまうものだ。「施設から地域へ」「措置から自己選択」へというのが、障害者施策の新しい流れであった。障害をもっていても、一人の人間として、自分の人生は自分で決め、自分で背負っていく。『自立支援法案』はこれらに逆行し、自立を妨げる法案だ。

自殺について

こころの病になってしまった人で、自殺について、一度も考えたことのない人はほとんどいないのではないか。それほど精神病者は自殺への思いや衝動と身近なところにいる。

精神病のほとんどは、中途障害である。それまで発揮していた能力を半減、あるいはそれ以下にされてしまう。今までできていたものができなくなる。この無力感や喪失感は、それまでエリートだとか天才だとかいわれてきた者にとって、特に顕著である。四輪ある車の一輪が破損し、三輪だけで走らねばならないような感覚、手や足に重い鎖を取り付けられて重労働を強いられているような感覚、二つある翼のひとつがもぎ取られ、片翼だけで飛ばねばならないような感覚がある。

半減とはいっても、普通の人が六十から七十あるとすれば、二百もある人の半減は百である。まだ普通の人より、三十から四十はより多くの力を発揮できる。ピアノが弾ける人は普通の人よりピアノがうまいし、絵の描ける人は普通の人より魅力ある絵を描ける。二百の実力は出せないとしても、百ならなんとか維持できるのだ。しかし、そのようには考えられず、能力が半減してしまった、百を失ってしまったと感じてしまうのである。発病当初ほど、喪失感や無力感は大きい。そしてまた、普通の人にとっての半減は、三十五や三十となり、生活に支障をきたすほどになってしまう。

今回は自殺について考えてみた。わたしが初めて自殺未遂をしたのは、高校二年生の時で、まだ精神病にはなっていなかった。いろんなことが重なり、生きているのが辛くなったためである。十六歳で家出をし、担任の先生の紹介で、放課後から夜にかけての仕事をし、宿直室で寝泊まりしていた。中学時代から付き合っていた女性がいた。思想的な対立が起こり、わたしから別れの手紙を出した。ガスで死ねる時代であった。ガス栓を全開にして眠った。

　普段は一滴の酒も飲まないのに、飲むと四合、五合と深酒をしてしまう。もともとアルコール分解酵素の少ないわたしは、急性アルコール中毒で三回も病院に運ばれている。生い立ちや育ち、これまでのいろんなことが、フラッシュバックしてきて、正常心ではいられなくなってしまう。妻に連れられ、アルコール専門病院へ行き、「アルコール依存症ではなく精神分裂病です」と診断されたのは三十五歳。それから一回の自殺未遂と、強烈な自殺衝動、そして数え切れないほどの〈なりゆき自殺〉を経験している。

　幻聴に追い詰められていた。こんな自分が生きていても仕方ないと思った。カーテンレールを利用して首を吊った。意識が薄れていくときの荘厳な気持ち良さを味わった。このまま数分もしていれば死ぬなと思ったとき、起き上がって紐をゆるめた。

　その後も強烈な自殺衝動は、夜も寝させず、幻聴や妄想に追い詰められ、感情や思考や肉体までが操られ、精神的にも体力的にも消耗しきったとき、何度も訪れた。しかし、行動に移すまでにはいたらなかった。

　死ねたらいいなという〈なりゆき自殺〉は深酒の時によくした。青信号のときは渡らずに赤になってから渡ったり、わざと道路の真ん中をふらふらと歩いたりした。真冬の寒い夜、このまま道路に寝転んでいたら死ぬだろうと思いつつ、眠っていたりした。なりゆきにまかせる、消極的自殺というようなものであった。

　こころの病を得て、自分の力が半減していることを認めるほど、当人にとって辛いことはない。このころのわたしは、プライドが高すぎた。たとえ能力が半減していても、まだ半分は残っていることに思いいたらなかった。できなくなってしまっていることばかりに眼がいってしまって、パーフェクトでない自分は駄目だと感じた。自己肯定をするのではなく、自己否定をしていた。尊大さと自己卑下との背中合わせであった。病気であると認めること、受容することからしか精神病の回復への道は出発しない。能力とかプライドなどといったこだわりを、一度は捨てる必要がある。年月がかかっても、自分に合った無理のない生き方を模索し、できることから始めていく必要がある。

6 周囲の無理解と自助グループ

統合失調症と診断されて、今年(二〇〇六年)の四月で丸二十五年になる。幻聴は今でも時折聞こえるし、妄想がわき出てきて、その都度、そんなことがあるはずはないと、妄想を否定するのにエネルギーを使う。周囲の音や声が無整理に入り込みやすく、そんな状態で、しなければならないことに集中しようとするとかなり疲れる。どこまでが病気でどこからが薬の副作用なのかは自分でも判然としないが、結果として、集中や持続が続きにくく、疲れやすい体質になっている。アルコール依存症のほうは、薬は必要とせず、会費を払って断酒会に通い続けるだけで、酒がやめられるようになったが、統合失調症のほうは、これからも薬を飲まなければならない。

病状を悪化させすぎると、自分が大変なばかりでなく、家族や周囲にも迷惑をかけやすいので、そうならないように気を配りすぎている面もある。本当はその日のうちにしておいたほうがよいようなことでも、疲れすぎているなと感じれば、休養や睡眠をとることを最優先させる。結果として、ずいぶん後回しになったり、することそのものを断念したりで、後手後手に回ることが多い。

健康な人(家族や周囲の人も含めて)からみれば、怠けているとかサボっているとかと思われやすい。精神病者は社会的偏見にさらされているだけでなく、家族や周囲からも理解されにくい。そうした無理解が、精神病者をますます孤独に追い込んでいく。わたしの家族はまだましなほうだとは思うが、病気のしんどさや大変さを分かってくれていないのだなと感じて、淋しく思う日もある。

精神病に対してまったく無理解な親や配偶者をもった精神病者は、さらに大変である。〈一人前の社会人〉であることを期待され、それを押し付けてくる。口やかましく言い、時にはののしる親さえいる。言わないまでも、期待とか失望などが態度に現れ、無言の重い圧力をかけてくる。そうした対立が緊張を生み、病状の回復を遅らせ、悪化の方向へ作用しやすい。親は親でますますイライラしたり、腹を立てたり、必要以上の心配をしたりする。もともとが甘えの構造からきているのだろうが、理解してくれない親に対して、暴力をふるうケースも出てくる。

こうした対立や孤独感から抜け出すものとして、自助グループが注目されている。親には親の、精神病者には精神病者の悩みや希望がある。ピア（仲間）が仲間を支えるピアサポート活動がかなり有効であることが、日本でもようやく理解されるようになりだした。親のほうでは『全家連』、『大家連』があり、堺市には『のぞみの会』、泉北ニュータウンには『泉北家族会』がある。精神障害者のほうはというと、大阪には『大精連』（愛称・ぼちぼちクラブ）があり、堺市ではわたしもかかわっている『ほんわかクラブ』などがある。いずれも自助グループと言われるものである。

『ほんわかクラブ』は毎月第三水曜日、二時から四時、大阪府立大学前の『喫茶儀間』で定例会をおこなっている。〈言いっ放し、聞きっ放し〉を原則として、自分の悩みや希望を話したり、病気などの情報交換などをしている。少ないときで三人、多いときだと十数人になる。ほかに年に二回レクをしている。『ぼちぼちクラブ』では、わたしは火曜日の二時から五時まで、電話相談を担当している。

わたしはほかにも、断酒会の例会やAC（アダルトチャイルド・機能不全の家庭で育ち、大人になった人）ミーティングなどの自助グループにも参加している。それぞれに違った特色はあるが、〈言いっ放し、聞きっ放し〉の原則は同じである。自分の思っていることを自由に話すことが保証されていて、仮に変な発言をしても批判されるということはない。プライバシーにかかわる話もするが、聞いたことはその場かぎりとし、他の場所でそれが噂されることもない。そうした安心感のうえに立って、例会は進められていく。

だが、断酒の問題は断酒会で、ACの問題はACミーティングで、精神病の問題は精神病の仲間と話すほうが話しやすいし、共感できたり、癒されたりすることが多い。体験していない人には理解しづらくても、体験した人には多くを語らなくても分かってもらうことができる。ピアの活動は、これから日本でもますます必要とされていくだろう。

自立支援法と通院

二〇〇五年十一月、自民党と公明党の多数決によって、『障害者自立支援法』が成立した。低所得者に対する軽減措置は設けられているとはいうものの、基本的には障害者からも一割の利用料を取ろうという法律である。わたしは妻の社会保険の被扶養者となっているので、今年の四月から精神科への通院医療が今の二倍の一割負担となる。

俗に「三十二条」と呼ばれていた『精神保健福祉法』のなかの条項があって、これまでは精神科への通院医療は〇・五割でよかった。それが一挙に倍になるのである。今のわたしは幸いにも通院回数が少なく、薬の量も少ないのでなんとかやっていけそうだが、症状の重い人ほど負担が増える仕組みになっている。弱者こそ救済しなければならないのに、逆に弱者の方がより重い負担になってしまう。わたしでさえ、できるだけ金のかからない防衛策を考える。実際のところは、病気の当事者が一割を払うのではなく、保護者（わたしの場合は妻）が一割の費用負担をすることになる。病気の症状だけでも、妻に迷惑をかけているのに、さらに金銭的負担まで妻に強いることになる。多くの精神障害者は働くこともできず収入がない。収入がないので、一割の費用負担は保護者に払ってもらうしかなく、親子関係や夫婦関係に、気兼ねや遠慮といったものが入り込んでしまう。『障害者自立支援法』は、本人がまったくの無収入であったとしても、保護者に収入があれば、一割負担をしなければならないという法律である。

費用負担を少なくする対抗策を考える。新薬は高いので、すでに出回っている薬で間に合わせておく。うつ的な気分もあるので、抗うつ薬が欲しいなと思っても我慢しておく。睡眠薬も少なめにしておく。通院回数をできるだけ少なくし、必要最小限の抗精神病薬だけにしてもらう。しかし、それらはちゃんと病識もあり、病状コントロールもできているわたしだからできることであり、一般的には勧められないだろう。通院や服薬をやめるわけにはいかない。そんなことをすれば、金銭的には助かるだろうが、病状を悪化させてしまいやすい。「三十二条」はもともと社会防衛的な意味合いで作られた。通院もせず、薬も飲まない精神障害者が地域に増えるのは困るという発想からであった。治療を受けやすくするために、費用負担を少なくさせようとした。そうした思惑が為政者側にはあったものの、現実としては、通院しやすく薬を飲みやすい制度にはなっていた。それが、福祉予算は削ろうという方向に傾いてしまったのだろう。

精神病薬は副作用がかなりきつい。頭がぼんやりとしたり、体がだるくなったりする。飲まないですむのならば飲みたくないと誰でもが思う。服薬を中断したいと思うほうが、むしろ自然な感情なのである。だから、経済的負担を強いる『障害者自立支援法』ができたことによって、通院や服薬をしなくなる人が増えるのではないかと懸念してしまう。

自分は病気だという認識、いわゆる病識を最初からもてる人は少ない。特に、統合失調症や躁うつ病はもちにくい。病気に翻弄されたときの自分自身の大変さ、周囲の人の迷惑や心配という何度もの失敗を繰り返しながら、少しずつ学んでいけるものである。薬を飲まなければどういうことになってしまうか、薬の中断による病状の再発。そうした経験を通じて、薬の効用が理解できるようになり、副作用と折り合いをつけながら、服薬を身につけていくことができる。

しかし、病識がもてるまでにはそれなりの期間が必要である。薬の効用や副作用のきちんとした説明がなされるべきである。薬だけに頼らない、精神面や環境面での改善も必要だ。おとなしくさせ、管理しやすいためだけの薬であってはならない。本人の病状のしんどさをやわらげ、より生きやすくするための薬の投与でなければならない。

残念ながら、すべての精神科医が患者本位に立脚しているわけではない。そのような医者と出会って、必要以上の薬を飲まされれば、医療不信が芽生えて当然だろう。『障害者自立支援法』は、さらに経済的負担までも強いることによって、通院しない人を増やしてしまうことにもなりかねない。

発病前のころ

一見幸福であることが、悪い方向へと重なっていくものである。結婚以来、共働きだった妻は、いわゆるキャリア・ウーマンとして、多忙な仕事と家事や育児をこなしていた。わたしも某印刷出版会社の中堅として働いていた。月に百時間を越える時間外労働だったので、収入はあった。三十三歳の若さでローンを組んで、小さな庭付きの家も買った。はたから見れば幸せそうな家庭でもあった。

しかし、この頃から、わたしの中に淋しさと罪悪感が吹き上げてきたのである。釜ヶ崎での生活を経験してきたわたしは、幸福であることに慣れていなかった。AC（アダルトチャイルド）体験からきているものだと、あとで知ることになるが、幸福になっていくことは、プラスではなくマイナスに作用した。幸福になることへの不安や罪悪感、自分が自分でないような感じ、淋しい気持ちが襲ってきた。昔のわたしは、オンボロ長屋に住んでいても、二人の間に愛があればと思いがちの男であった。妻のわたしに対する愛がなくなったわけではない。妻の愛は、わたしと二人の間にできた子供たちの家庭を築いていこうとする愛であった。

それに対して、わたしは恋愛期間中や結婚当初のような愛を妻に求め続けていた。一種の恋愛感情依存症とも言えるものだ。今ではこうした感情や性格の歪みも、ACとして生きるしかなかった幼少期・少年期からきているものだと理解できているが、発病前の三十三歳当時は分からなかった。ただただ淋しさを募らせるだけであった。

罪悪感はもはや自分が社会に対して反旗をひるがえす一匹狼ではなく、どっぷりと資本主義体制に組み込まれている自分を見つめざるを得ないところからおこった。もともと一匹狼ですらなかった。この世に不幸な人が一人もいないような世界、神でしか作れないような世界を夢想して、遠吠えをあげている一匹の野良犬でしかなかった。そして今や、野良犬でもなく、資本主義体制の下での飼い犬でしかなかった。生活上の経済的幸福と引き換えに、わたしは自分の魂が失われた気がしていた。

確かに好きな仕事を選んだ。編集や校正、製版や版下、活字と触れ合い、本にするのは大好きだった。しかしそれは、大企業の下請けであり、資本主義体制を補完するものでしかなかった。そのときのわたしは、釜ヶ崎での日雇い生活をやめて、まだ十年でしかなかった。貧しかったがゆえに、まだ許されていた生きるということが、なまじマイホームなどを持って、ある意味で幸福になってしまったせいで、自分を許してやれなくなってしまった。幸福であることが罪悪に思えてしまう感情。自己を肯定できなかったことが、統合失調症への引き金のひとつになったのではなかろうか。

絶えず多くの敵や味方に見られ、操られ、干渉されているという幻覚や妄想。統合失調症という病気がなぜおきるのか、いまだはっきりしたことは分からない。脳内ホルモンのひとつであるドーパミンの分泌過剰という説が最有力であるが、定説とはなっていない。しかし、統合失調症に対して精神科医が処方する薬には、必ずといっていいほどドーパミンを抑制する薬も含まれている。

統合失調症の原因は不明だが、振り返って考えてみると、発病のきっかけとなったかもしれない点については、いくつか思い当たる。マイホームを購入したあたりから、わたしの精神的危機（淋しさと罪悪感）がかなりピークに達していたこと、月に百時間を超える深夜残業や公休出勤という過剰労働、普段は一滴の酒も飲まないのに、飲むと深酒をしないではいられない心理状態に追い込まれることの多かったことなどである。

今ならすでにそのとき発病していたのだと分かるが、夜の十二時前に家に帰ると妻は死んでしまうと妄想を抱いてしまった。三カ月ほど続けていただろうか。遅くまで残業をし、終電車かタクシーで帰り、翌日はいつもの時間に出勤する。残業が早めに終われば、喫茶店と酒屋とスナックをハシゴして、深夜の十二時を過ぎるまでは家に帰らない。かなりヘトヘトになっていた。自分は死んでもいいが、妻は死なせたくなかった。妄想だけでなく、統合失調症の病状はさらにエスカレートしていくことになる。

9 当事者講師派遣事業『出前はぁと』

「松のことは松に習え、竹のことは竹に習え」と松尾芭蕉も言っている。精神病のことは、精神科医や精神保健福祉士（PSW）や大学教授も教えてくれる。しかし、インパクトの強さからいえば、精神病の当事者から聞くのが一番いいのだ。そこには体験した人でないと語れない、語りの重さや生々しさがある。

二〇〇六年四月から施行され、十月から本格的実施に入る『障害者自立支援法』が自立ではなく自立を妨げる法律になってしまっているのも、障害者その人たちの声を聞き入れようとしないで、障害者の実情や現場を見ようともしないで、ただ福祉予算をいかに削るか、福祉サービスの利用をいかに抑えるかといった机上での論理が先行してしまったせいだ。介護保険とゆくゆくは統合したいという為政者側の思惑もある。

例えば、精神障害者の障害の区分認定をするための質問事項は、「衣類の着脱が自分でできるかできないか」「風呂に一人で入れるか」「排泄を自分でやれるか」など、高齢者介護に対しての質問事項がそのほとんどである。精神障害者の生きづらさ（障害）については、わずかしか反映されていない。確かに、精神障害者の多くは見た目には普通の人と変わらず、身体的にできないということは少ない。しかし、幻聴が聞こえたり、妄想が湧きでたり、ちょっとしたことで不安になったり、神経が過敏になったり、落ち込んだりしやすい。病気そのものや薬の副作用のせいで、持続力や集中力や根気力が続かず、すぐに疲れてしまいやすい。しかも、病状や体調には波があって、絶えず変動している。それらのことは質問事項としてはない。特記事項として付け足すだけだ。

何か事件があると「精神科に入院していた」とか「通院していた」ということが、新聞やテレビで報道される。

刑を少なくするのが弁護士の仕事とは言うものの、精神鑑定で心神喪失や心神耗弱に弁護士はもっていきたがる。喪失ならたとえ人を殺していても無罪になり、耗弱なら刑罰を軽くしてもらえる。そのようなこともあって、実際の精神障害者と接したことのない人（世間）は、「精神障害者は何をするか分からない」「怖い存在だ」と偏見の目で見てしまう。事件そのものと精神病との関係はなんら証明されないままで、物知り顔の精神科医がテレビに登場するから偏見はさらに強まる。

「松のことは松に習え」「精神病のことは、精神病の当事者から聞くのが一番いい」とは言うものの、すべての当事者がその役割を果たせるわけではない。世間の偏見・無理解もあって、カミングアウトできている当事者はまだほんのわずかである。カミングアウトはリスクさえ伴うことがあるからである。「精神」「魂」が病んでいるとは思いたくもないし、実際にも多くの精神病者はスピリットやソウルが病んでいるわけではない。むしろ人並み以上のスピリットやソウルの持ち主が多い。カミングアウトに抵抗を感じるほうがむしろ自然なのである。

世間の無理解・偏見を少しでも直したいという使命感があって、初めてカミングアウトできる。堺市に『ソーシャルハウスさかい』というNPOの市民団体がある。地域生活支援センターや、ヘルパーステーションやグループホームなどいくつかの事業部門があるが、二〇〇三年に、当事者講師派遣事業『出前はぁと』を立ち上げた。統合失調症、躁うつ病、アルコール依存症の当事者が六名ほど集まった。のちに発達障害の人も加わった。毎月第四金曜日に当事者とスタッフが集まって、世話人会を開いている。すんだ講演について、よかったことや反省することなどを語る。依頼が来ている講演に誰が行くかを、体調やスケジュール、講演の依頼内容に合わせて決める。看護学生やボランティアや民生委員や、PSWや当事者や行政の職員や一般市民にも話をしてきた。福祉関係の大学、保健所、活動支援センター、精神科病院にも行った。病気の体験談や願いや問題点、当事者としての活動などを伝える啓発活動である。「松のことは松に習え」。しかし、その松は語れる松でなければならない。カミングアウトするだけでなく、自分の病気について客観的に語れなければならない。

10 退院促進支援事業

二〇〇四年八月から、退院促進支援事業の自立支援員の仕事を始めた。財団法人『精神障害者社会復帰促進協会』と一年毎に雇用契約を結び、長期に入院している精神病の患者が退院し、地域で生活が送れるように支援する仕事である。

社会的入院と呼ばれる患者群がいる。病状は比較的に落ち着いているのだが、家族や親戚に引き取り手がいないために、長期にわたる入院を余儀なくされている人たちである。全国で七万人ほど、こうした人がいるとみられ、そのことが問題視されている。地域で暮らせるほどに病状が安定している人を病院に閉じ込めておくことは、人権的観点からも望ましくない。また入院している費用よりも、地域で暮らしているほうがはるかに安くつくということも考えられる。

ただ、病状が安定しているといっても、ただちに地域で生活することは困難である。長年にわたって、病院の敷地から離れることのなかった退促利用者にとって、地域で暮らしていくことには多くの不安がある。地域で一人生活を送るために、クリアしなければならないことも多い。それらを応援するのが自立支援員の仕事である。

退院促進支援事業は堺市の場合、二〇〇四年から実施された。自立支援員個人で行動するのではなく、集団で行っている。停留地と呼ばれる自立支援員の根拠地がある。堺市には三カ所の地域活動支援センター（現在は、生活サポートセンター）があり、わたしはNPO法人『ソーシャルハウスさかい』の一事業部門『む〜ぶ』を停留地にしている。月一回、病院や行政や地域の施設の人たちが集まって、誰を支援するかを決めたり、これからの支援をどのようにしていくかを協議している。また、『む〜ぶ』でも月に一回、ケース会議を開いている。

退院促進支援事業は、退院したいという利用者の希望と、病院長（実際のところは主治医だろうが）の許可があって、事業は初めて軌道に乗せられる。いくら本人が退院したいと思っても、病院長の許可がなければ、退院促進支援事業の対象者になることはできない。水面下では、退院したいという本人の希望が無視されているケースも多く、今後改善していかなければならない問題かなと感じている。退院促進支援事業には多くの人たちが係わりあい、集団で遂行していくが、日常的に利用者と接触し、地域生活を送れるようにしていくのは、やはり自立支援員の仕事である。原則として毎週の月曜日、利用者と会える時間を作っている。

まず、導入期がある。親しさや信頼関係を築いていく時期である。院内での面接や、病院近くの喫茶店やファミレスで会って話をし、お互いを知り合ったり、いろいろな情報提供などを行う。その日の支援前と支援後には、担当のCW（ケースワーカー・社会福祉士）と打ち合わせや報告をおこなう。

その後、体力作りもかねて、かなり遠方まで出歩く。Aさんのケースでは作業所のいくつかを回ってみた。地域で生活するようになったとき、行き場所が見つかればとの配慮からであった。しかし、Aさんの場合、一人でいるほうが落ち着くということで作業所にはつながらなかった。支援員は利用者の希望に添った形で支援するので、作業所につながらないケースもありかなと思う。長い間、自転車に乗っていないので、病院近くの公園まで行き、自転車の練習などもしてもらった。アパート退院が有名な病院でもあったので、CWが住む家を見つけてくれた。退院先が決まり、その周辺に何があるか見て回った。銀行や郵便局やスーパーなどである。当面必要な、身の回りのものを買う支援などもした。

Bさんの場合は、導入期はガストでドリンクバーを飲みながら話をした。寿司が食べたいというので、一緒に回転寿司を食べた。体力作りのために、通天閣や観心寺にまで遠出をした。スーパーで買い物をして、生活訓練ルームで食事作りなどをした。焼き飯や親子丼やカレーやおでんなどを一緒に作り、一緒に食べた。現在は住居を見つけるために、不動産業者を当たっているが、まだいいところが見つかっていない。地域生活サポートセンター『む〜ぶ』につなげることも試みている。出会ったころは硬い表情だったのが、明るい表情になってくるのがうれしい。

11 服薬について

大阪精神障害者連絡会（愛称・ぼちぼちクラブ）というのがある。火曜と木曜の二時から五時、ピア（同じように心の病をもっている当事者）による電話相談をしている。『分かち合い電話』と位置付けていて、対等の立場で、話を聞いたりしたりしている。わたしは火曜日に入っていて、ほとんど毎週欠かさず出席している。いろんな相談や、問い合わせなどがあるが、ただ話を聞いてほしいだけというのが一番多い。本人からだけでなく、家族からの電話もある。

医者や専門職ではないので、専門的な知識はもたないが、同じような心の病をもち、病状のひどい時期を何度も体験している。そして現在も通院し、服薬し続けている。訴えてくる言葉に共感し、気持ちを分かち合えることが多い。専門職にありがちな指示や命令という態度を取らないで、ただひたすら話を聞き、必要な情報や自分自身の体験なども話して、電話をかけてきた本人自身が、自分で自分の問題を整理できるように努めている。決めるのは本人である。いろんな電話があるが、今回は服薬の話を中心に進めていきたい。

〈薬の副作用に悩まされている〉〈薬を飲んでいるのに、幻聴が聞こえてくる〉〈薬が自分に合っていないように思える〉〈薬を飲むと体がだるくなってしまう〉〈薬を変えてほしいと医者に頼んでも、変えてくれない〉〈薬は一生飲み続けなければならないのか〉〈薬を飲んでいると長生きできないように思う〉〈退院したのだから、もう薬は飲まなくていいのではないか〉〈薬を飲んでいると、いつまでも精神障害者であるような気がする〉などである。また、家族からは〈子供が薬を飲もうとしてくれない。みそ汁の中に薬を混ぜて、飲ましてもよいか〉などの電話がある。

わたしは入院こそしなかったが、二週間から六週間の自宅療養を五、六回した。職場復帰をして、精神分裂病（統合失調症）と宣告されてからも、十年間会社勤めをしてきた。主治医の言うとおりに薬を飲むと、頭がぼんやりとして体もだるく、仕事にならない。薬を勝手に減らしたり、まったく飲まなかったりした。幻聴や妄想がひどく、まるで拷問を受けているような状態で仕事をしてきた。我慢に我慢を重ねながら仕事をし、夜も眠れなくなり、ついにはダウンし、仕事もできなくなった。そして、自宅療養をせざるを得なくなった。

自宅療養中は薬の量も多く、抗精神病薬のセレネース二錠とドグマチール二錠、副作用止めのアキネトン一錠を、朝、昼、夕と一日に三回飲んだ。こめかみあたりが、締め付けられるようになる。ロレツが回らなくなり、よだれが出る。頭がぼんやりとして、考えるのがおっくうになる。喉が渇く。体がだるい。アカシジアといって、同じ動作をしていられず、寝ていてもすぐ起きたくなり、起きるとまたすぐに寝たくなるなどの副作用が出た。しかし、睡眠だけはよくとれた。機関銃の乱射のような幻聴も、雨垂れの音のように少なくなった。

四十五歳で仕事を辞めて、家事をするようになった。現在は薬の量も減って、リスパダールとドグマチールを朝夕に一錠ずつ飲んでいる。睡眠薬のマイスリーは、時々に飲む。会社で仕事をするわけではないので、かなり楽になっている。病気をよくしていくには、薬も大切だが、環境を整えるほうがより大切だ。安心でき、無理のない生活が望まれる。

精神薬は精神面での副作用が強い。しゃきっとした感じがもてず、意志力、根気力、集中力が欠けてくる。電話がかかってきたとき、副作用って大変ですね、嫌ですねえと共感できる。わたしの場合も、大量に薬を飲んでいても、まだ幻聴が聞こえていた話をする。主治医と相談もせず、かってに薬を止めたり、減らしたりして、何度も病状を悪化させてしまった体験なども話する。薬を飲んできたがゆえに、共感できることが多い。薬を飲もうとしない子供をもつ親御さんに対しては、なるべく強制しないで、気長に待ってもらうように話をする。精神障害者と思われるのは嫌だという人には、自分もそういう時期があったことを話する。薬が合わなければ、医者に言って変えてもらうように勧めたりもする。服薬は医者が一方的に決めるより、患者との共同作業のほうがよい。

事件と報道

八尾市で、幼児を陸橋から投げ落とす事件が起こった。第一日目の報道では、男は作業所に通っていたとのみ報道された。翌日の報道では、知的障害者の作業所であったことが公表される。池田小学校の児童殺傷事件では、当初、犯人の男は精神科に通院していたと大々的に報道された。この事件がきっかけとなって、『心身喪失者等医療観察法案』ができる。再犯するおそれがあるかないかなど誰にも予測できないが、精神障害者の場合は予測できるとして、予防拘禁して隔離してしまおうという悪法である。池田小学校事件ではその後、犯人は精神病ではなく、精神病を装っていただけであることが判明するが、真実は明らかにされることもなく、早々と急ぐように死刑にされてしまう。

消防士が放火をしたり、警察官が強盗殺人をしたりする事件が、時には報道される。何てことだと思いはするが、その事件によって、消防士や警察官は怖い存在だと思う人はまずいない。ところが精神障害者が事件を起こすと、ごく一部の人のことだとは思ってくれない。やはり精神障害者は怖い、何をするか分からないといった空気が蔓延していくのだ。そこが、警察官や消防士が起こす事件と、知的や精神の人が起こす事件との大きな差である。国会議員や大臣にだって、犯罪を犯す人がいるのである。大会社の重役でさえ犯罪を犯す。精神に障害をもつ人が事件を起こしたからといって、何の不思議もない。他の多くの人々と同じように、犯罪に走る人は精神障害者の中からも出てくる。しかしそれは、他の多くの人々と同じようにごく一部である。むしろ精神病者の犯罪率は、精神病者以外の人たちの犯罪率よりも少ない。

犯罪を犯す警察官や放火をする消防士が出てきたとしても、警察官や消防士に対する信頼はなくならない。たいていは上司の謝罪会見ぐらいですんでいる。警察官や消防士が怖いとは思われない。ところが、精神障害者が犯罪を犯すと、やはり精神障害者は怖いと思われる。そこには精神障害者に対する偏見や無理解があるからである。

ボランティアやスタッフなどで、精神の作業所などとかかわり、精神障害者と接する機会をもった人ならば精神障害者は優しい人の方が多いことが分かってくる。もちろん、そうでない人もいるが、他人に気を使いすぎる人のほうが多いのだ。精神障害者を怖がる風潮が世間ではまだ残っているが、精神障害者のほうが、世間の偏見の眼を怖がっているのである。

大阪市立大学で統合失調症の体験談を中心にした講義をし、学生のレポートを確認する機会があった。大学生でもあるので、精神障害者に対してもある程度の正しい知識を身につけていると思っていた。学生の正直な感想のレポートを読んで驚いてしまった。初めて当事者の話を聞くことができてよかったという感想とともに、それまではテレビや新聞でしか精神障害者のことを知らず、怖いなとか、何をするか分からない存在だと思っていたと書かれていた。大学生にしてこれが現状である。しかし、この大学生を責めるわけにはいかない。多くの人にとって、精神障害者はテレビや新聞でしか知ることができないからである。こころの病をもった人が、自らの病気について語る必要を改めて感じさせられた。名前も顔も病名もさらして、精神障害者も人間なのですよ、ふつうの人と同じように喜びも悲しみもして、決して怖い存在ではないのですよ、だけどこんなしんどさがあるんですよと訴えていく必要を感じた。

事件を起こした人が糖尿病であったとしても、犯人は糖尿病で通院していたなどと報道されない。ところが精神科の病院やクリニックに通院していたとなると、すぐにそのことが報道される。そのことで、精神障害者イコール事件を起こす人という図式ができあがってしまう。偏見が怖くて、病気を隠す人が多いのも当然である。障害者の施設が、家の近くにできることに反対する住民もいる。障害者にとって作業所は必要な存在であり、これからも増やしていかなければならない。八尾の事件で動揺し、こころを痛めている通所者の多いことを忘れないでほしい。このような事件が起こると、差別や偏見が増すのではないかと心配して、体調までくずす人が出てくる。実にデリケートなのだ。

13 緊急入院

昨年（二〇〇六年）八月二十一日から九月二十五日まで、K病院に三十六日間の入院を余儀なくされた。妻と娘に連れられて病院の待合室にいたときに、ケイレン発作が起こった。膠原病からきたと疑われる無菌性髄膜脳炎、いわゆる脳炎の一種になり、入院後も十分おきぐらいに、ケイレンが十日ばかり続いたためである。同時に、血糖値も五〇〇を越えるほどに急上昇し、統合失調症による幻聴や幻視も出現していた。

あとで多発性軟骨炎（膠原病の一種らしい）が原因の脳炎だと分かるのだが、入院の一カ月ほど前から、両耳の軟骨が痛みだした。そして、十日ほど前から頭痛もしだした。月に一回、第三水曜日にある当事者だけの交流会『ほんわかクラブ』には何とか出席できたのだが、そのあたりから、わたしの体調の悪さは、限界の極点に達しかけていたようである。頭痛にはバファリンがいいというので、帰りに薬局で買って、飲んでみたが一向に治らない。ますます、ひどくなるばかりである。

その翌日の木曜日（入院の四日前）から、わたしの様子がおかしいことに、娘は気がついたらしい。目の前にある抗精神病薬を見つけることができないで、「ないない、どこをさがしてもない、だれかに隠された」などと言って捜し回ったり、とにかくわたしの言動がいつもよりおかしいと、娘は気づいたようである。幻聴が聞こえ、幻視も見えているのか、目線が左から右の方へ移動して、誰もいない空間に向かって話しかけている。妻は高齢の母親の世話をするため、田舎に帰っていて留守だった。父を病院へ連れて行かなければならないと、娘は思ったようである。フリーターの仕事を休んで、わたしを精神科のクリニックや、かかりつけの内科や、近くの大学付属病院などへ連れて行った。赤信号を赤信号と見分けられず、そのまま渡ろうとする。通い慣れた道なのに、駅へ向かう道を間違え、「お父さん、こっちこっち」と、腕を引っ張ってもらってでないと歩けない。見ず知らずの女性を娘と錯覚して、話しかけに行く。わたしは頭痛だけではなく、統合失調症も悪化してしまって、すでに錯乱状態にあったようである。このときのことは、今のわたしにはまったく記憶にない。「お父さんが大変だから」と、娘は妻に電話をした。妻も田舎から帰った。今から考えるとむしろ幸運だったと思えるのだが、K病院の待合室に妻や娘といるとき、突然ケイレン発作に襲われ、緊急入院となる。たらい回しのように、あちこちの病院やクリニックを転々とし、娘はこの四日ほど、わたしの世話をすることでクタクタになってしまったらしい。このようなお父さんの面倒をこれから先、一生見ていかなければならないのかと思うと暗澹たる気持ちになり、そのように思ってしまう自分を責めて、さらに落ち込んでしまったらしい。あとになって、娘から聞かされた話である。

わたしの今回の病気は高血糖、多発性軟骨炎、脳炎、統合失調症が複合的に現れた。その遠因はというと、疲れやストレスを溜め込みすぎて、免疫力を極度に低下させていたことが考えられる。夏バテの出ている時期でもあった。たまたま発達障害で調子を悪くしている人から、連日のように自宅に電話がかかってきていた頃でもあった。夜といわず、昼といわず、一時間以上の電話が何回となくかかってくる。わたしもさすがに疲れ切ってしまって、留守電設定にして難を逃れるしかなかった。客観的に見ると、わたしは普通の人ほどに活動もしていないし、働いてもいない。にもかかわらず、疲れやすく、ストレスを感じ、免疫力まで低下させたのは、やはり統合失調症という病気のせいだと思える。

幻聴が完全になくなるということはないが、ここ十年ほど自己コントロールの範囲内に収められていた。これからも良くなりこそすれ、悪くはならないだろうと思っていた。今回の入院はそれが甘い考えであること、バランスを崩せば統合失調症が再燃してしまうことを教えてくれた。もうひとつ、知ったことがある。近くの大学付属病院では、入院はできないと言われた。統合失調症の病がある者は、たとえ内科の病気でも、精神科もあるところでないと駄目らしい。わたしが病院をたらい回しされた原因も、その辺の事情があったようだ。

14 竹脇無我とうつ病

ヘルパーや電話相談など、したいことしなければならないと思っていることが増えてしまって、最近は週に一回ほどしか行けなくなったが、それでも精神の作業所（小規模授産施設）『泉北ハウス』や『ぱらっぱ』に時々は顔をのぞかせている。仲間と少し話をした後、ごろりと畳の部屋で横になり、本を読んでいた。マキノ出版から出されている竹脇無我の『凄絶な生還／うつ病になってよかった』という本である。

それを横で見ていたAさんが、「なってよかったなんて、治ったから言えることであって、病気の最中はしんどくって、とてもじゃないがよかったなんて言えないよね」と言った。まさにそのとおりである。病気に翻弄され、その真っ只中にいるときは、苦しさのほうが勝ってしまって、病気になってよかったなどという心境にはなれない。

竹脇さんの場合は、「うつ病は治る」とまで言い切っており、実際にもよくなったようである。竹脇さんはうつ病になってよかった理由として、今までは見えなかった違う世界が見えてきた、等身大で生きられるようになったなどを挙げている。

「違う世界が見える」「等身大で生きられる」、それはわたし自身も経験していることなので、病気になったことの素晴らしさも実感し、病気になってよかったと思える日もある。しかし、そのような心境になれるには、いくつかの条件が付くようである。

病気が完全に治る人もいるのだろうが、それはむしろ例外で、大多数の人たちは、病気と一生付き合っていかなくてはならない。ことに、こころの病では好不調の波はつきものである。苦しいときは苦しいし、痛いときは痛いのだ。周囲や他人が見えなくなり、自分さえ見えなくなることがある。

そうした自分の病気と向き合い、病気と一定の距離を取りながら、少しでも良い方向に病気をコントロールし、病気と末長く付き合っていくしかないのだ。激しい波が襲ってきたときは、どうしようもない。そのときは多めに薬を飲み、じゅうぶんに睡眠をとり、気分転換をはかり、休養をとることに専念して、時が流れていくのを待つしかない。安易に入院というかたちをとらないで、自分の部屋で、地域の中で、病気の波に耐え、やり過ごすしかない。そして、動き出せるようになれば、また少しずつ動き出せばいいのだ。

調子のいいときや悪いときを体験していくうちに、調子を崩しそうになる前ぶれも分かるようになる。これ以上はムリという限界も分かるようになる。疲れを察知する能力も身についてくる。疲れすぎないうちに休養をとること。無理をしすぎないで、ぼちぼちと、できることやしたいことをしていくこと。「等身大で生きられる」という竹脇の言葉を、わたしはそのように解釈している。「等身大で生きられる」と、病気の波もより穏やかになってくるようである。

プロ野球の清原やイチローが、統合失調症になって、抗精神病薬を飲みながらでないと生きていけなくなったとしたら、どうなるか。少しだけではあるが考えてみた。おそらく、野球をする力は半減し、プロの世界では生きていけないだろう。しかし、我々よりはるかにうまい野球ができるだろう。すくなくとも、草野球の選手よりか、はるかにうまいはずだ。ピアニストや画家についても同じようなことが言える。ついでだが、詩人についてもと、付け足しておきたい。

力が半減していることを嘆いている間は何もできない。たとえ半減したとはいえ、自分の秘められたる力を発揮できたとき、人は生きていく希望を見いだせる。そしてやがては、力がなくてもよい、弱くてもよい、ただ生きているだけで尊いということに気づかされる。人それぞれが、その人なりの等身大で生きること、たとえダメ人間と言われている人でも、人それぞれの尊さがあることを知らされる。それが竹脇が言う、病気になったがゆえに見えてきた「違う世界」だろう。統合失調症、アルコール依存症、糖尿病、膠原病と、やっかいな病気を抱えているわたしだが、病気になってよかったとも思う。いとしさを感じるほどに、人間が大切に思えてくる。「違う世界」が見えてくるのだ。

15 Nの自殺

Nが自殺してから、もう三年半の歳月が過ぎた。二〇〇三年の大晦日の日に告別式があった。雨の降っていた日であった。享年三十三歳。それ以降、トラウマとなって、相手が自殺しそうかそうでないか、絶えず気になってしまう。わたしとNとの付き合いは一年にも満たないものであったが、魅かれ合うものは強かった。真面目さ、誠実さ、ひたむきさ。そして、はにかんで、照れてしまうようなナイーブさ。わたしと同じ統合失調症であり、またわたしと同じようなAC（アダルトチャイルド）体験、幼児期や青春期における親との確執をもっていた。まるでわたしの鏡を見るような思い、わたしの分身をみるような感じであった。それだけでなく、彼は、すでに五十七歳のわたしにはないものをもっていた。三十二歳という若さと行動力。わたしはひそかにNに対する期待を膨らませていた。

Nは中百舌鳥にある作業所に、わたしは泉北ニュータウンにある作業所に通っていたので、堺市が主催するイベントなどで、ときたま顔を合わせる以上の交流はなかった。あれは二〇〇三年の二月であったか、三月であったか、NがTと一緒に、わたしの通っている『ぱらっぱ』に訪ねてきた。それがNとの交流の始まりである。「堺市での当事者会を立ち上げたいと思うので、力になってほしい」というものであった。当時、すでに堺市には『こころのピアズ』という当事者会があった。Sを中心に活動していた。わたしはSにも好意をもっていて、行政や精神科病院への批判力とその切り込み方には、一目も二目もおいていた。が、NもTも、口をそろえて、Sの仲間への批判や攻撃に耐えられなくなったと言うのである。わたしは当初、SとNなどの仲を取りもって、元の鞘におさまることを考えてもみたが、NとTとの決断が固いことを知った。

こうして新しい当事者会は作られ、二〇〇三年四月一日に第一回の交流会をもち、月に一回の例会と春・秋のレクが続けられていくことになる。会の名前も、ほんわかとしたムードを大切にしようという意図で『ほんわかクラブ』と名付けられた。

議論をまったくしないわけではないが、基本的には言いっ放し、聞きっ放しで、病気の体験や情報、そして近況報告など、主として集まった人たちの交流のほうに力を傾けた。個人攻撃にならないように留意し、なごやかでほんわかとしたムードを大切にした。

Nは毎回欠かさず例会に出席していた。吸引力もあり、Nと同じ世代の若者が多く参加した。会の中心メンバーとして、将来を期待されていた。

Nとは『ほんわかクラブ』で会うだけでなく、二〇〇三年七月から始められた、現在の当事者講師派遣事業『出前はぁと』の準備会でも、毎月に顔を合わせるようになる。ここでも、運営原案の草稿を作るなど、積極的であった。こころの病を体験した当事者だからこそ、いろんなところへ行って話さなければならない。病気を隠しておくだけでは、精神病者への偏見や無理解はなくならないと、熱弁をふるっていた。

より緊密になったのは、Nがわたしが住む泉北ニュータウンに引っ越してきてからである。Nの自宅にも訪れるようになり、金に困っていることも知って、果物や食料を運んだり、返さなくてもいいからと言って、紙幣をカンパしたこともある。原則として、わたしはそういうことはしない。そこまでしたのは、Nの誠実さに対するわたしの惚れこみ、将来性への期待があったからだ。

いつから、彼女ができたのだろう。Nが彼女と手をつないで歩いている姿を目撃してしまった。どちらも知っていたので、どちらからも交際に関しての相談を受けた。Nからの最後の電話は、死ぬ一週間ほど前だったか。「彼女と別れた。でも好きだし、会いたい」という内容だった。「自分の気持ちに正直になれば」、とわたしは答えていた。何が死の引き金になったかは、N自身にしか分からない。団地の五階から飛び降りてしまった。調子を崩して入院していたが、その日は外泊の許可がおりていた。幻聴や妄想に支配されてしまったか。自分を追い込みすぎてしまったか。誠実であろうとするとき、喜ばしいはずの恋愛さえも、大きなストレスになってしまうのだ。

16 総合としての人間

現在、三人の人たちの家にヘルパーに行っている。二人は週に一回、一人は週に二回なので、一週間の実働は八時間。移動時間が二時間ほどかかるので、実際には週に十六時間ほどが、ヘルパーの仕事のために費やされている。それぞれが、精神病の人たちのためのヘルパー制度を利用していて、統合失調症の人が一人、躁うつ病の人が二人である。そのうちの一人がアパートに住んでいて、二階での物音に悩まされ、引っ越しを考えるようになった。いくつかの不動産屋を回り、良い物件かなと思ったのがあった。ところが、精神病であることを打ち明けると断られたと言う。本人はそれも仕方のないことだと諦めているが、わたしは怒ってしまう。なぜ、精神病だとだめなのか。まだまだ世間では、無知と偏見が横行している。それを正す活動をしていかねばと思ってしまう。

Aさんは生活保護ではあるがつつましく生活し、金銭管理もきちんとしていて、家賃を滞納してしまうような人ではない。タバコは吸うが、寝タバコはしないし、大きな灰皿を使って、火の始末もちゃんと考えている。ふつうの人と同じように、火事をおこす心配もまずない。ボランティア精神もあって、手話落語を勉強し、何か催しなどがあるときに披露している。人間的にもいい人だ。調子の悪いときは人と話すのもおっくうになり、食欲もなくなり、もっと酷いときは短期間の入院を余儀なくされることもある。しかし、適度な助けがあれば、じゅうぶんに地域で暮らせる人でもある。精神病者というだけで、入居を拒否する大家が、いまだにいるのだ。

わたしが断酒会に入ったのは一九九六年であったが、当初わたしは自分が統合失調症であるということを、断酒会のなかではカミングアウトしなかった。断酒会では例会というのがあって、出席者の一人ひとりが体験発表をすることになっている。〈体験談に始まり、体験談に終わる〉とも言われている。その体験談であるが、特に病院に入院中の人たちの体験談で、「ブンチャンと一緒の病棟に入れられて」というような発言を聞くことが多かった。統合失調症という病名に変更されたのは二〇〇三年。それまでは精神分裂病という病名であった。「精神が分裂している」ということをさらに差別する意味で、彼らは「ブンチャン」という言葉を使っていた。逆に、統合失調症の人たちは、アルコール依存症者のことを「飲んだくれのアル中が」と言って、軽蔑していたりした。

学生時代に読んだ小説のなかで、井上光晴の『地の群れ』というのがあった。差別されている集団が、また別の同じく差別されている集団と差別しあうという構図であったと記憶している。同じ精神科病院のなかで、アルコール依存症者と統合失調症の患者が差別しあうということは、現実にはまだあるようだ。無知からくる偏見である。片や、自分で飲んだくれてアル中になっただけと思い、片や、この気違いはと思う。アルコール依存症にも回復への道はあるし、統合失調症や躁うつ病にも、自己コントロールしていく道がある。そして、そこには素晴らしい人間性がある。わたしが断酒会のなかでも、自分が精神分裂病であることをカミングアウトするようになって、断酒例会で「ブンチャン」という言葉は聞かれないように変化してきた。

地域活動支援センター『む〜ぶ』の、当事者講師派遣事業『出前はぁと』に参加するようになって、わたしは本名を名乗って、精神病の体験や、それに付随したことを語っている。統合失調症について話すことが多いが、決して統合失調症の近島（わたしの本名）ではない。統合失調症も抱えている近島である。家にいれば夫であるし、二児の親である。石村というペンネームで詩やエッセイを書いている物書きの端くれであるし、俗にいうところの「作業所」に通っている近島でもある。ヘルパーに行き、退院促進支援事業の支援員をし、夕食作りをし、庭の花や木や芝生の手入れをしている近島でもある。酒を断つために断酒例会に参加し、糖尿病や多発性軟骨炎という病気をもった人でもある。何よりも、地域で暮らし、多くの人たちと関わりをもっている人間である。精神病はわたしの中で多くの比重を占めてはいるが、精神病のわたしではない。わたしとはもっと全体的なものだ。「統合失調症の近島」でなく、わたしという人間はもっと総合的なものだ。

17 ピア活動

二〇〇七年十一月十七日に、堺市立西文化会館でパネラーをする予定になっている。今回のエッセイはその下準備も兼ねている。依頼された話の内容は、①ピア自立支援員・ピアサポーターとしてのどんな活動をしていますか。②活動を通じて、仲間同士の支援のよさを感じたところ。③活動の中で感じている難しさ、しんどいなと感じたこと。④医療・福祉スタッフの人たちに希望すること。以上の四点である。

①については、この連載の10でも触れているので今回は省き、②から書いていくことにする。ピアのよさ。それはピア(仲間)そのものであることだろう。同じ病名でも、人それぞれに病状も薬との適応も違ってはいるが、共通しているところが多い。同じようにこころの病をもち、病気そのもののしんどさや、薬の副作用と付き合わなければならなかった体験を共有している。何よりも、まだまだ根強い、世間の精神障害者に対する無理解・偏見に共にさらされている。多くを語らなくても分かり合える。単なる理解を超えて共感できる。あなただけが一人ぼっちじゃない、わたしも病気なんだよと示すことができる。病気を抱えながらも、地域で生きていくことのモデル、モノサシになることができる。指示や命令ではなく、同じ仲間として対等な位置に立てる。助けることで、自分も助けられる。理不尽なことには共に怒り、しんどくても辛くても生きていこうと励まし合える。社会的入院に対しても、単に人権侵害に留まらず、同じ精神障害者の一人として心底の怒りを感じる。それがピアというものだろう。

③については、わたしの場合、体調をコントロールしておかねばと、強く思いすぎてしまうことだろう。時給九百円でも、金をもらっている以上、仕事である。ピアだから、病気をもっているからという理由で、仕事ぶりがマイナスであっても許されるというものではないと、思い込んでしまう。仕事は仕事としてちゃんとでき、なおかつさらに付加価値とでもいうべきものをもっている。自分も病気なので、ごく自然に、利用者に対

して、対等の立場や仲間意識で接することができるのだ。病気ではない人だと、どうしても利用者に対して仲間意識をもちにくく、援助するとか助けてあげるという支援者の気持ちになってしまう。ピアならば違う。支援はしていても同じ仲間なのだという対等性、ピア精神がプラスアルファされている。そのことがピアならではの強みだろう。

ところが人間、病気をもちながら、薬を飲みその副作用もあるなかで、いつも万全であることのほうが難しい。反省して、次回はもっと体調を整えて……となる。必然的に余暇のほとんどは休養に当てられてしまう。本来なら、余暇にはあれもしてこれもしてという具合に、したいこともあるのだが、それをするだけの余力がない。仕事をするとそれだけでバタンキューなのだ。しておきたいこともあとまわしにして、とりあえずは眠る。眠れないまでも、眼をつむって、ベッドで横になって、CDなどを聞く。次の仕事に備えて、休養をとっておくことのほうを最優先しなければならない。休養をとることで、一日が過ぎてしまうのだ。利用者からうらやましがられたりすることもある。「近島さん（わたしの本名）のようになりたい」と言われることもある。働いたり、活動したりしたいが、自分には駄目だと思っているからだ。同じ当事者でも、やはり重い人、軽い人がいる。

④については言いたいことがありすぎて、書ききれない。なぜ精神科病院に二十年も三十年も入院しなければならないのか。それは、その病院では治せないということを証明しているようなものである。内科などでは、うちの病院ではこれ以上無理ですからと退院させる。なぜ精神科だけが、長期入院も許されるのか。入院が長くなるほど、今までできていたことさえできなくなっていく。統合失調症にしろ躁うつ病にしろ、病状が落ち着けば地域で暮らしていけるのである。なぜ精神病に限って、自分の人生を自分で決めることが許されないのか。地域で生きるからこそ、病気でありながらも、地域で生きるスキルを獲得できるのである。親が退院に反対していても、地域の受け皿、社会保障制度があれば、ほとんどの人は退院できる。要は、そのサポート体制を充実させることである。

18 オープンかクローズか

オープンにするのか、クローズにするのか。カミングアウトするのか、しないのか。自分が病気であることを告白するのは、勇気のいることである。正直に病気を告白することによって、就職や結婚や住宅の賃貸契約を断られ、不利な事態を招くこともある。こころの病は十年前と比べれば、はるかに理解者も増え、支援態勢も整ってきてはいるが、偏見を抱いている人たちが、まだ多く存在していることも事実だ。

偏見をもたれる背景には、第一に精神科の歴史性があるだろう。一言でいえば、精神科病院の在り方がおかしすぎると言ってもよい。気違いと呼ばれ、社会から隔離すべきだという考え方が主流だった時代が、長く続いた。それは七万人とも七万三千人とも言われる社会的入院者が、現在もなお続いていることでも証明されている。

内科や外科と違って、精神科病院には自由がない。入院するのかしないのか、どのような治療を選択するのか、まったくといっていいほど本人に自由がない。自己選択し、自己決定をし、その責任は自分で負うというのが、人間が生きるうえでの基本だが、それが保障されず、守られていないのが精神科病院だ。入院患者はいまだにどこの精神科病院でも隔離されてしまう。カギのかかった病棟に入れられ、本人の意思で自由に外出することさえできない。隔離するのが当然、それほどに精神病者はおかしな存在、危険な存在だと、世間の人は思ってしまう。

第二は、新聞やテレビでの報道の在り方の問題である。何か事件が起こったとき、必ずと言っていいほど、精神科病院に入院していたとか、クリニックに通院していたとかが報道される。精神病そのものと、事件を引き起こした原因そのものとの因果関係は、何ら説明されないで、精神病者であったことだけが報道される。そこに精神病者＝事件を起こす人＝怖い存在という図式ができあがってしまう。不幸にして精神障害者が犯罪を犯してしまうこともあるが、その頻度は警察官の犯罪よりも少ない。多くの警察官が怖くて危険なものでないように、精神障害者も危険なものではないのである。

第三は弁護士が刑を軽くしたり、免れさせたりする目的で、心身喪失などを持ち出し、被告人には責任能力がないから無罪だと主張するケースが多いことである。検事も裁判で負けることを嫌って、不起訴処分にしたりする。そこでは、精神障害者は裁判を受ける権利さえ奪われる。不幸にして事件を起こしてしまったとき、その責任を取って、刑に服する権利も奪われてしまう。そして同時に、被害者や世間の眼には、精神障害者は罪を犯しても裁けないような怖い存在と映ってしまう。そのことで、偏見は広がっていく。

第四は病状の酷いときの精神障害者を見ることはあっても、自己コントロールし、回復への道を歩んでいる人たちを知る機会が少ないことだ。精神障害者は肉体的には普通の人と変わらない。だから本人がカミングアウトしないかぎり、ちょっと見には分からない。世間のなかに偏見がある以上、隠せるものなら隠しておきたいと思う精神障害者が多いのは致し方のないことかも知れない。しかし、隠すから、隠さなければならないものになってしまうのだ。

カミングアウトしないことの利点は、自分をそして家族や親戚を、偏見の眼から守ることにある。しかし、隠していれば、いつまで経っても世間の理解は得られない。カミングアウトをする勇気をもち、その条件も整っている人たちが、率先して矢面に立ち、切り開いていく時期なのだろう。カミングアウトする人が増え、そのことによって理解する人も増え、いつかはカミングアウトしても何の不利益にもならない世の中を作りたい。モーゼほどではないが、わたしは使命感に燃えている。あちらこちらで、本名を名乗って統合失調症や、それにまつわる話をしている。幸いにも、わたしは精神障害の当事者であることが逆にプラスであるような仕事ばかりをしている。こころの病をもった人たちへのホームヘルパーや電話相談、退院促進事業の支援員、当事者講師などをしている。だが誰に対してでも、オープンな訳ではない。言わないほうがいいこともあるのだ。

19 週間行動表

この原稿、三月末の締め切りに三日も遅れて書いている。詩のほうは書き上げているのだが、エッセイまでに力が及ばない。さほどに調子が悪かった。いや、過去形ではなく、今も良くない。だが、三日遅れが限度だろう。締め切り日は守るという物書きの鉄則からは外れたくない。他のテーマも考えていたのだが、今回は急遽、わたし自身の病状のコントロールの仕方を公表することにする。ちなみに、今日の気分度はレベル四。十段階評価で、十だとハイテンション。躁うつ病ではないので、普段はレベル五を維持している。ところが、ここ三週間ほどの気分度はレベル四が多く、日によって三や二にまでダウンしている。

もう少し詳しく説明すると、わたしは一九九五年七月二十八日から、週間行動表なるものをつけている。無菌性随膜脳炎で入院して書けなかった一部の期間を除いて、毎日欠かしたことはない。ワープロで一週間単位の表を作っている。横軸に月曜から日曜まで、縦軸に夜中の〇時から夜の十二時までという表で、毎日のことが、ほぼ十五分単位で、何をしていたかが分かるようになっている。一週間がすむと、組紐でファイルしているので、今では十二年以上の行動記録メモとなっている。だから、何年の何月何日の何時頃、何をしていたかが、いつでもすぐに分かるようになっている。

週間行動表をつけ出して、しばらくしたころ、下欄にその日の天気・温度を書くようになった。さらに、下欄には、その日の①気分・体調、②行動できた度合い、③幻聴の聞こえる頻度、などをそれぞれ十段階の数字で表すことにした。週間行動表はさらに改良されて、読んだ本や、観たビデオや映画。体重や特別な出来事や風邪や歯痛までもが、欄外に書き表されるようになった。血圧・体温・血糖値は、それぞれにまた別のファイルを作っている。

十段階の数字は、①については十がベスト、最高に調子がいいときである。大体五とか六が多い。②も十が最高に行動できたときで、これは日によって七になったり四になったりで変化しやすい。③は十が急性期のときほどに激しく幻聴が聞こえ、妄想に巻き込まれているレベル。普段は三から四あたりを行き来している。ときたま幻聴は聞こえるが、頻度も登場する声の数も少なく、何よりも病気の症状には巻き込まれないですんでいるレベルである。レベル五などがでれば、薬を増やしてもらっている。

精神科（看板は診療内科）のクリニックへの通院は、四週間に一度。睡眠薬は二週間分しか出せないので、普段は睡眠薬を飲まない日を作っている。しかし、調子が悪く、睡眠薬が足りなくなったとき、二週間や三週間で通院することもある。また普段は、抗精神病薬のリスパダールを、夕食後から眠るまでの間に一錠だけ服用するが、幻聴の頻度が多くなり始めたと思えるときは、二錠に増やしてもらっている。またうつな気分が長く続くようなときは、一時的に抗うつ薬を処方してくれるよう頼んだりもする（ただ、わたしの主治医は、抗うつ薬によって、幻聴が多くなってしまうと懸念してか、抗うつ薬を出したがらない）。

週間行動表をつけているので、自分の調子が分かりやすい。どのような行動、どのような生活をしていたかが一目で分かる。記録になるという、メモとしての効用だけではない。睡眠をちゃんと取れていたか、行動しすぎて休養がおろそかになっていなかったか、行動表で分かる。本当は疲れているはずなのに、自分では疲れに気づかない場合が多い。行動表を見て、今の自分は少し動きすぎだということが、分かったりする。軌道修正をして、睡眠や休養の量を増やす努力をする。ゆったりと温泉に入ったりボーリングで汗を流したりして、気分転換をはかる。それでも調子の悪いときは、ヘルパーや夕食作りや依頼された講演など、どうしてもしなければならないことだけに限定していく。しなければならないことでも、自分がいなくても大丈夫なこと、例えばヘルパー会議や、リヴィエールの例会などをさぼらしてもらう。そして、悪化させる前に休養に専念する。詩やエッセイ、講演のためのレジメ作りなどで、遅くなるとき以外は、十時間も十二時間もベッドで横になっている。

20 自己選択の自由

「仕事だか、ボランティアだか、それほど金にもならないことで動き回って」と、妻が妻の友人にわたしの愚痴をこぼしている。困った亭主だと思っているのも事実だが、内心はわたしの健康のことを心配している。動き回って、疲れすぎて、統合失調症の病状を悪化させたり、健康が損なわれはしないかと心配しているのだ。心配はするが、わたしの活動を干渉したり禁止したりはしないで、わたしの自由にさせている。お釈迦様の手のひらで飛び回っている孫悟空のようで、経済的には相変わらず妻の庇護下にあるが、とにかく自由にさせてもらっている。せめて友人に愚痴でもこぼさないと、妻もやっていけないのだろう。

自由。統合失調症の患者にも自由は必要である。人間は社会的生き物なので一切の制約のない完璧な自由などないが、自由の幅が広ければ広いほど、その人はその人らしく生きていける。他人に決められた人生なら、たとえ親でも教師でも、それは他人の責任になる。自分で決めた人生なら、自分で自分の責任をもつことができる。間違うことも失敗することもあるが、それを教訓にまた生き直していくことができる。自己責任と、自己の選択の自由は表裏一体のものだ。わたしも妻の自由を尊重しているが、妻もわたしの自由を尊重してくれている。

妻はどこで勉強してきたのか、エンパワメント、わたしのもてる力の発揮の促しを自然におこなっている。統合失調症のときも、その後のアルコール依存症のときも、妻はわたしを入院させないで、自宅療養と通院という方法を選んでくれた。職場復帰という道を選んでくれた。三十五歳の発病時と比べ、体力・気力・集中力が衰え、統合失調症の病状のほうが優勢となってしまった四十五歳。会社勤めが駄目になってしまったわたしを見て、妻は無理に働かせようとはしないで、夕食作りや洗濯や買い物や子育てなど、家事をするように促してくれた。子供会の仕事や自治会の仕事もわたしに任せた。そして、わたしの病気が危機的状態にあるときだけ、通院に付き合ったり、家事その他も肩代わりしてくれた。

おかげで、わたしの社会的な適応力は、大きく後退せずにすんだ。わたしに強制するのではなく、かといってわたしを甘やかすのでもなかった。わたしに責任を感じさせ、わたしをやる気にさせ、わたしのもっている力を見抜き、引き出してくれた。わたしの今日あるのは、妻のお陰だろう。

わたしたち夫婦の方法が唯一だとも、絶対だとも思わない。人それぞれだし、それぞれの状況がある。入院していたほうが、よかったのではないかと、思うときもある。入院していれば、もっと早くに病識ももて、回復が早かったのではないかと、思うときもある。しかし、わたしが発病した三十五歳は、マイホームのローンが始まったばかりであった。二人目の子供が、妻のおなかのなかにいるときでもあった。働かなければという状況におかれていた。

四十五歳。わたしが会社勤めを中断して、主夫業でいられたのは、結婚以来共働きであり、しかも妻はいわゆるキャリアウーマンで、そこそこの収入があったからだ。わたしにも、家事や子育てを分担してきたという実績がある。エンパワメントというが、もともとないものは発揮のしようもない。手前みそになってしまうと恐縮なのだが、わたしのなかに、発揮するものが多く存在したからでもあろう。

わたしの方法を、他の人にもというのは危険だが、たとえ少なくても、人間にはそれぞれがもっている、それぞれの力というものはあるのである。しないことによって、それを退化させるのではなく、することによって能力を発揮させる方向に進めたいものである。精神病のなかでも重いといわれる統合失調症になってしまって、入院させるほうがよいか、自宅療養と通院のほうがよいか、ケースバイケースで一概には決められない。しかし、長期入院だけは避けてほしい。日本の精神科病院は、管理と保護に重点が置かれているのが現状である。自由であることが大きく制限される。入院が長引けば長引くほど、自主性がなくなり、本来もっていた力さえ退化してしまう。

21 等身大の自分

詩人たちの集まりに出席したとき、「調子はどう?」とか「大丈夫?」などと聞かれることがよくある。そんなとき、どう答えたらいいのか分からない。調子がいいとも言えるし、良くないとも言える。詳しく説明しようとすると話は長くなってしまう。大抵は「まあまあです」とか「何とか元気です」とかと、当たり障りのない答えを返している。

統合失調症という病を抱えていて、副作用の強い抗精神病薬や睡眠薬を飲んでいて、完全に元気であるはずはない。疲れやすく、肉体もシャキッとした感じになれず、長時間集中するだけの持続力・気力がもてない。しかし、幻聴や妄想に振り回された急性期の状態と比べると、はるかに回復して、日常生活などはほとんど支障なく送れる。急性期のときの薬は飲む量も多い。副作用も強く出て、こめかみが締め付けられたようになったり、ロレツが回らなかったりする。ヨダレが出て、頭もぼんやりとして、考えごともままならない状態になったりする。

今は薬の量も少なくなり、従って副作用も少なくなっている。ロレツが回らないとか、考えがまとまらないということはない。少量の薬なので、幻聴や妄想が完全になくなるということはない。しかし、まったく薬を飲まないというのではないので、幻聴の聞こえ方は少ない。幻聴や妄想が出ても、それに巻き込まれることはない。なんとかセーブして、危うい均衡のなかで日常生活を送っている。薬の少なくなった分だけ、休養の時間を増やしている。

精神の病気でない人から見れば、怠けていると見られやすい。無理をしないよう生きていれば、なんとか日々を過ごしていける。どこまでを無理というかは人それぞれで、またそのときの病状の波によっても違う。一般的にいえば、精神病を抱えている人は、無理の閾値がそうでない人に比べて格段に低い。人よりも早く、人よりも多く疲れてしまう。外界に対する鎧が薄く、必要とするものだけを吸収し、不必要なものは遮断するというアンテナ機構が崩れている。そのために、外界の刺激が無制限・無秩序に入りやすい。人ごみなど、騒がしい場所が大の苦手である。病気そのものによって疲れ、病気の薬を飲むことによって、さらに疲れる。ドーパミンやノルアドレナリンは、本来なら必要な神経伝達物質である。それらを阻害するのが、抗精神病薬である。薬の効用そのものが、副作用ともなって、やる気などの意欲を大幅に減退させられる。疲れやすい体質にさせられてしまう。そのような状況にありながらも、生きていこうとしているのだ。

うつ病の人に対してだけでなく、広く精神病の人に対しても、「頑張れ」とか「もっと積極的に」という言葉は禁句である。本人自身が悩んでいるのである。なまけものには見られたくないと思っているのである。どうにもならないで苦しんでいるところへ、さらに追い打ちをかけるような言葉は、百害あるのみである。精神病の人たちへの接し方は、スポーツ根性をたたき込むとか、出世街道まっしぐらとかといった接し方と、まさに対極に位置する。等身大の自分になること。疲れやすさ、疲れやすくてできないことの多いことを認めることから出発する。

ところが、人それぞれの等身大を認めることができない人たちが多い。働いて、稼いで、することをしていないと、一人前の人間ではないという世間常識がある。働かない人間は、駄目な人間であり怠け者であると、レッテルを貼ってしまう。この考え方は、身体や知的の障害者のなかにもあり、精神障害者の疲れやすさなどの特性については、なかなか理解してもらえない。働くことだけを美化した「一億総活躍時代」が、まかり通ろうとしている。

自分の病気に対してさらに過度のストレスを持ち込まないためには、世間常識からの精神的独立が必要である。そうでないと、できていない自分を否定してしまい、自分を追い込んでしまい、さらに病状を悪くする。統合失調症である自分を認め、疲れやすくてできないことの多い自分を認め、その他もろもろのありのままの自分を認め、そのなかからできることを無理せずやっていこう。「頑張れ」は外からではなく、内から沸き起こったとき、初めて役に立つ。

22 精神科病院とクリニック

ぽちぽちクラブ（大阪精神障害者連絡会）で、毎週火曜、二時から五時まで、分かち合い電話（電話相談）を担当している。他の用事ができたり、体調不良で出られないときもあるが、ほぼ毎週火曜日に参加している。いろんな電話がかかってくるが、薬についての相談や、いい病院・クリニックを紹介してほしいという要望があったりする。

ぽちぽちクラブの電話相談のルールとしては、薬については、主治医と相談して決めてもらうよう促し、どの薬が良いとか、どれくらいの量の薬がいいとかは、アドバイスしない。同じ薬でも、作用・副作用には個人差があり、また病状の波の程度によって、薬の量も当然変わってくるからである。病院・クリニックの紹介についても、実際には主治医との相性があり、一概に決められない。へたにどの薬が良いとか、どの病院・クリニックがいいかを紹介してしまうと、うまくいかなかった場合は、責任問題となってしまう。だからルールとして、薬・病院・クリニックの紹介はしないことを基本にしている。

ただし、一般論として言えることはある。病状が激しいときは、薬の種類も量も多くなり、副作用が強く出ることも覚悟しなければならない。わたしも会社勤めをしていて、自宅療法を余儀なくされるほど病状が悪化していた時期、セレネース二錠、ドグマチール二錠、副作用止めのアキネトンを飲んでいた。こめかみが締め付けられるようになり、ヨダレが出てロレツもまわらない。寝ていてもすぐに起きたくなり、起きるとまた横になりたくなる。つまり寝ているという同じ動作さえ持続できない。ずいぶんあとになって、アカシジアという副作用だと知った。体もだるく頭もぼんやりとして、思考力もままならない。しかし、それまでは機関銃の乱射のように、次から次へと押し寄せる波のように、激しく聞こえていた幻聴が、雨垂れの音ぐらいに静かになった。そして、病状も比較的落ち着いている今は、薬も新薬に変わり、量も少なくなっているので、副作用も少なくてすんでいる。そのように、自分の服薬体験を話すこともある。ただし、〈わたしの場合は〉というひとことを必ず伝えている。薬には個人差があることを伝え、最終的には主治医と相談するよう伝える。

ところが、この精神科の主治医がクセモノである。麻生太郎のように、〈医師は常識がない〉とまでは言わないが、権威的な医者がかなり多い。特に精神科病院には、患者の希望を聞くという姿勢に欠けている医師がいる。だから薬についても、なかば強制的に飲まされることが多い。副作用を強く感じすぎるので、薬を変えてもらうよう頼んだところ「俺の出す薬が飲めないのか」と怒鳴られた。そのような話を一人だけでなく、何人かから聞いた。

一般論であるが、病院外来のほうがクリニックよりも出す薬の量が多い。クリニックだと個人経営なので、患者の希望を聞き、患者を満足させないと、患者が離れていき、経営が成り立たないという事情もあるからだろう。入院しなくても何とかやっていける人には、クリニックのほうが向いているし、入院を繰り返すことの多い人には、病院外来のほうが向いていると言えようか。もうひとつ言えることは、精神科病院だと医師の数が多いので、どの医師に当たるかは運・不運といったところがある。自分でこの医師に診てもらおうなどと、決めることができない。その点、クリニックだと医師はたいていの場合、一人である。相性が悪かったり、信用できないと思えば、ほかを探せばいい。

精神の世界にも、人権や福祉の光が当てられようとしている。少しずつではあるが、患者の声を聞こうとする精神科医も増えてきている。薬を飲むのは精神科医ではなく、患者である。そして、患者もまた人間で、一方的に支配される存在ではない。自らの欲することを願い、訴える権利を有する人間である。まだ少数ではあるが、患者の希望にそって、薬を処方する医師も増えている。本当はもっと多めの薬をと内心思っていても、患者の希望通り軽目の薬を出す。副作用を嫌って服薬を中断されるよりも、たとえ少量でも飲んでもらえるほうが病状には効果的だからだ。薬を飲んでどのような調子になるか、それを体で知っているのは患者である。そのことを話し合える医師を選びたい。

23 通所施設

二〇〇九年一月十七日、堺のぞみの会（精神障害者の家族会）からの依頼で講演をすることになつている。今回はその下書きを兼ねている。「わたしたちの通所施設では、こんなことをやってるよ!!」をメインテーマに「通所施設ではどのようなことをしているのでしょうか?」「希望や夢、今の施設での楽しいことを聞かせてください」「今後、どんなことを施設でずっとしていきたいですか?」などについて、話すことになっている。

堺市の泉北ニュータウン地域に、初めて「作業所」ができたのは、一九九六年十二月である。泉ヶ丘駅から徒歩十五分ほどのところに、『泉北ハウス』が仮オープンした。翌一九九七年四月から、補助金を行政から貰えるようになり、正式オープンとなった。わたしは、仮オープンの時代から参加している。家族会の人や、保健所（のちに保健センターと名称を変更）の精神相談員の人たちと、いろんな物件を探し、高倉寺の近くに決まった。四月までは補助金がないので、スタッフはいなかった。家族会の人と、メンバー（施設を利用する精神障害の当事者をそう呼んでいた）が、カギを交替で預かり、施設を開け閉めして、日中を過ごした。

当時は「作業所」というと、実際に作業をしているところが、ほとんどだった。低賃金で内職仕事をしているという暗いイメージがあった。『泉北ハウス』は作業をしない「作業所」として、全国的にも先駆けをなす珍しいケースであった。メンバーは、作業をするというほうにスタンスをおくのではなく、当事者の居場所であるというほうに、より大きなスタンスをおいた。だから、作業は一切なく、クラブ活動が中心であった。ソフトボール、マージャン、手芸、アートフラワー、トーンチャイム、料理、のちにはカラオケ教室もできた。ミーティン何でも、三人以上よれば、クラブと言うことにして、お昼寝クラブとか、早弁クラブまであった。ミーティングも一日に二回、午前中と夕方にあった。週に一回はテーマミーティングがあって、テーマを決めて話し合った。今でいう、「地域活動支援センター」の先駆けであり、作業よりも居場所をというスタンスは、スタッフのNさんの発想によるところが大きい。そうしたクラブ活動やミーティングを通じて、仲間と親しくなることができた。親しくなることで、会話も弾んでいった。入院体験のないわたしは、同じ病気の仲間と触れ合うことで、多くのことを学んでいった。同じ場所にいることで、当事者同士が助け、助けられる。わたしが統合失調症の病識をもてたのも、仲間の病気の体験を聞くことからであった。病状のコントロールができるようになったのも、仲間から学んだからであった。

二〇〇〇年四月に『ぱらっぱ』がオープンした。働きたい、作業をしたいという人もいて、そのニーズに応えるためだ。引っ越しをした、わたしの家の近くということもあって、『ぱらっぱ』にも通った。リサイクルショップの店員や、コンテナの洗浄や芳香剤の内職仕事をした。ただ、低賃金はわたしのプライドが許さなかった。働きはしたが賃金はすべて施設に寄付することで、わたしはこころの平衡を保つことができた。

社会福祉法人にしなければ、補助金が貰えなくなる。そういう情報が入り、一千万円を集めるために苦労した。二〇〇五年四月に、社会福祉法人『レーベン』が誕生した。二〇〇五年十二月には、泉北ニュータウンでは三番目の『こころん』が開設される。

わたしは二〇〇四年四月頃から、一挙に活動の輪を拡げた。『ふわり』での登録ヘルパー、『ぼちぼちクラブ』や『ほっとほっと』での電話相談員、退院促進の支援員、当事者講師『出前はぁと』講師、大阪府（後、堺市）委嘱の精神障害者相談員、さらに現在は精神医療オンブズマンや堺市当事者部会の部員なども引き受け、多忙となり、『レーベン』の各施設への参加はたまにしかできなくなった。それでも、時折であるが『泉北ハウス』や『ぱらっぱ』へ行き、仲間と話すと、ほっとしてこころが安らぐ。普段、施設の外で活動している者にとって、仲間と触れ合える居場所があるのはいい。航海を終えて、帰る場所、立ち寄れる場所、それは港のようなものだ。

24 わたしの日常生活

木の芽どきになった。ドグマチールは発病以来ずっと飲んでいるが、もうひとつの抗精神病薬リスパダールが、エビリファイに変わった。うつ病ほどではないが、気分が晴れないという話をしたら、薬を少し変えてみましょうかということになった。エビリファイがわたしの病状と体質に合っていたのか、春先の体調不良もなく、今年の春はうつっぽい気分からも免れている。ヘルパーをしたあと、どっと疲れるということもなく、余裕を残している。今回は統合失調症を抱えながらの、わたしの日常生活について書いてみたい。

まず夕食作り。これがわたしの日常生活の最大のウエイトを占める。妻が高齢の母の世話をするために田舎に帰っているとき以外は、ほとんど毎日夕食を作る。六時から七時まで、約一時間かけて作り、七時から食事をする。わたしが用事で遅くなってしまう日は、前日の夜に作るか、当日の朝早くに作る。妻はすでに退職してフリーであるが、夕食作りはわたしに任したままである。しかも外食を好まない。毎日のことなので、時には苦痛を伴うこともある。その反動か、妻がいないときは夕食作りをやめて、娘と外食することが多い。わたしのおごりなので、出費がかさんでしまう。

月曜日の昼は、二週間に一回のペースで、退院促進事業の支援員の仕事が始まるようになった。長期入院している人が、地域で生活できるよう支援する仕事である。二年近く、候補者があがらず待期状態であったが、三月から新しく利用者が決まり、退院に向けて支援するようになった。第一月曜日は、二時からケア会議を開いて、進行状況などを確認しあっている。月曜日の夜は断酒会。祝日の場合は火曜日になるが、毎回欠かさずに断酒例会に出席している。

火・水・金・土曜日は午前中にヘルパーをしている。木曜日だけ昼から行っている。高齢者介護ではなく、精神障害者を中心としたヘルパーステーション『ふわり』で、登録ヘルパーとして活動している。利用者宅にいるのは二時間だが、歩きと電車で往復二時間以上かかるので、四時間半は費やされてしまう。入浴や排泄の介助はなく、掃除や調理や相談・話し相手が中心である。

火曜日の昼からは、大阪精神障害者連絡会の電話相談のため、大阪市内の今里まで行っている。二時から始まり五時に終わる。四週間に一度、その帰りに途中下車して、精神科のクリニックに寄る。診察してもらい、薬を処方してもらい、近くの薬局で薬を貰う。

水曜日の第二・四・五の昼からは、ピアによる『ほっとほっと』の電話相談。二時から四時まで、わたしが通所している施設の事務室で電話を受けている。第三は当事者交流会『ほんわかクラブ』に参加している。

木曜日の午前中は、予定のない自由時間。極楽湯に行ったりボーリングに行ったり、庭の手入れなどをしている。昼からはヘルパーに行く。

金曜日の昼は、第四のみ「当事者講師」派遣事業『出前はぁと』の世話人会。それ以外は自由時間に当てている。

土曜日は第二が堺市の当事者部会。年に四、五回ほどの自治会の役員会も予定されている。偶数月には大阪精神障害者連絡会の例会がある。催しに参加することもある。

日曜日は第一がヘルパー会議。リヴィエールの例会や催しがあったりもする。

ざっと一週間の予定である。このほかに年に十数回ほど講演の依頼がある。娘との付き合いもある。月曜の夜以外は、夜はほとんど空いているので、創作活動とでも思うのだが、休養を優先しなければならないので、読書さえなかなか進まないのが現状である。四月から社会福祉法人の理事長にもなるので、『泉北ハウス』『ぱらっぱ』『こころん』などの小規模授産施設にも、もっと顔を出さなければとは思うのだが、あまり参加できていない。これから二年ほどは、少し多忙になりそうだ。頑張れる範囲内で頑張り、無理をしすぎないようにしよう。統合失調症の病状を悪化させてしまえば、迷惑をかけてしまうことになる。さぼるときにはさぼり、病状コントロールに気をつけたい。

25 病気を受け入れること

五月のさわやかな季節もつかの間、蒸し暑い日々がやってきた。その日その日による気温や湿度の変動。病気になる前は、気候の変化など気にもとめない生活を送れていた。三十五歳で統合失調症を発病。抗精神病薬の服用のお陰で、激しい幻聴や妄想からは脱却できたものの、それ以来、気候の変化など、ちょっとした環境の変化に弱い。外界の刺激に肉体や神経が反応し、疲れやすさを感じてしまう。疲れているのに無理を重ねると、ストレスが増幅され、さらに疲れてしまう。変えられるものは変えていく。変えられないものは受け入れる。今回は自分を受け入れること、受容が精神に及ぼす影響について、書いてみたい。

人間には向上心がある。夢も見るし、理想も追い求める。頑張ったり、努力したり、切磋琢磨したりする。それは悪いことではなく、よりよく生き延びる力をもつためには、必要なことでもある。しかし、求めることと現実の自分との間にはギャップがある。ギャップがあればあるほど焦燥感に駆られ、自分を責めてしまう。できないことばかりに眼がいってしまう。ストレスを助長し、精神状態を悪くしてしまう。

ありのままの自分、現実の自分を認めること。等身大の自分で生きていくこと。そのためには、統合失調症やアルコール依存症である自分、六十四歳というもう決して若くはない自分、糖尿病や膠原病という持病をもっている自分、それらの自分をいたずらに拒否するのではなく、受容してやることが大切である。受容は諦めと似ているが、単なる諦めとは違う。変えられないものを変えられないものとして認めること。努力してもできないものはできないものとして認めること。焦って、無理をして、無用な努力をして、精神状態や病状を悪化させないこと。そして、できること、もっている能力は保持し、伸ばしていくこと。変えられるものは変えていく勇気をもつこと。変えられるものと変えられないものを見極める知恵をもつこと、などなどである。そのように受容には、単なる諦めではない積極的な意味がある。諦めという言葉は、消極的な意味で使われることが多いが、本来は明らかにするという、積極的な意味を含んだ言葉であったようである。

大阪精神障害者連絡会に、電話がかかってくる。いろんな電話相談がある。なかでもかなり多いのは、できないでいる自分への焦りや嘆きである。できない状態にある自分を、認めてやることができない。そういう時期なのだ。わたしにも、できない自分を嘆いていた時期があったし、できない自分に失望して、自殺まで考えたことがあった。だから、焦りや嘆きに共感できる。じっくりと聞く。語りたいだけ、語ってもらう。病気や薬の副作用で、したいことがあってもできない。なまけているのではない。本人が一番苦しんでいるのだ。しかし、周囲の人にはその苦しさを分かってもらえない。親や配偶者でさえも、理解してくれない。体験者でないと、分かりづらいところがあるのだ。

わたしにもできないことがあるんですよ。同じように、苦しんだり悩んだりしました、と自分の体験を語ることもある。しかし、たいていの場合、わざわざ語らずとも、あいづちの打ち方や、ちょっとだけ口を挟んだ言葉で、わたしもまた病気の体験者であることが分かるようである。焦らずぼちぼちといきましょうよ、などと言って、焦っている気持ちや、できないでいる自分への罪悪感を、少しでも和らげるように努力している。そしてそれには、わたしがあれこれとしゃべるよりも、聞くことに徹するほうがより効果的なようである。

統合失調症やうつ病、躁うつ病は、完全に治るということが少ない。だから医者もカンカイという言葉は使うが、完治したという言葉は使わない。精神病になって、できない時期があったり、時期に関わりなくできないことがあるのは、むしろ当然なのである。できないと焦るのは、病状の回復によくない。できないでいるとき、できない自分を受容してやるほうが、その後の病気の経過もいい。そして、周囲に理解者がいれば、なおのことといい。ピア（仲間）が大切だし、無理解や偏見を無くすための活動も必要だ。

26 自立について

障害者自立支援法ができて、当事者や現場のスタッフなどからは、反対や見直しの意見が続出している。応益負担といって、精神障害者の通院や薬、作業所を利用するにも、一割負担が強制される。また、自立の意味があまりにも就労に片寄ったことで、それまで培われてきた豊かさや伸びやかさ、のんびりさがなくなり、障害者の施設はこれまでのようにはいかない、運営的危機に瀕している。今回は自立について考えたい。誰にも頼らないで生きていくことを自立というなら、この世の中、総理大臣をはじめ、誰ひとりとして完全に自立している人などはいない。農業・漁業・製造業・サービス業、その他様々な分野で働く人たちの助けを借りながら、我々は生きている。

だから自立していると言っても、多くの人の助けを借り、いろいろな制度や、社会システムを利用することが、生きる前提となっている。ただ、多くの人は利用もするが貢献もする。幼児でさえ、親をなごませ、喜ばせるという貢献をしている。

ところが世間常識では、自立＝一人前という考え方がある。一人前になるには、働くことで金をかせぎ、親や他人から独立して、自分の経済的生活ができることが求められる。もちろん世の中、働く人が一人もいなくなってしまえば、社会はなりたたない。しかし、障害者、特に精神障害者にとっては、働くということはかなりハードルが高い。病状そのものと薬の副作用で、働いていなくても、しんどさを感じながら生きているのである。無理を重ねて頑張りすぎると、病状を悪化させ、再入院ということにもなりかねない。

確かに、働けている精神障害者もいる。わたしも、ヘルパーに行ったり、退院促進支援事業の支援員をしたり、当事者講師をしたりして、いくばくかの金を稼いでいる。働いているといっても、実際のところは、わたしの収入は少しだけで、わたし自身を支えることもできず、妻の経済力におんぶされるしかない。一人前の稼ぎとはとても言えないが、ともかく働いてはいる、といったところか。

まがりなりに働いている。しかし、わたしの場合、働けているのは、病状もゆるやかになり、服薬する薬の量も少なくなったからだ。病気であることをオープンにして、むしろ病気の体験がプラスになるような仕事を選ぶことができたからだ。毎日でもなく、長時間でもなく、働ける条件も整っているからだ。ところが多くの精神障害者にとっては、働くのが難しいというのが現状である。疲れやすく持続力や体力が続きにくい。精神病であることをオープンにして、雇ってくれる会社は少ない。働くこと＝自立という考えを押し付けるのは、むしろ精神障害者の自立を遠ざけるものである。精神障害者にとっての自立とは、いかにして、できるだけ病状をコントロールし、地域で生活できていくかというものだろう。

病気がゆえにできなくなっている部分、まだできる部分、これからものばしていけそうな部分、病状の波によって変化はするが、それらを見極める力をつけていくことだろう。そして精神病になってしまった自分と折り合いをつけながら、なお自分らしく自分らしい生き方を求めていくことが、自立だろう。働くことだけが自立ではない。

わたしはわたしなりに、わたしの自立論を展開していた。ところが、わたしの考えを一変させることが起こった。北海道は札幌の、精神障害者当事者会『すみれ会』のメンバーをインタビューしているビデオを見たからである。そこである当事者が言っていた。「わたしは自立していません。自立できなくても、よいと思う」といった発言であった。強い衝撃を受けた。眼からウロコが落ちたとはこのようなことをいうのだろう。自立しているかしていないかの議論以前に、働けているかいないかの議論以前に、もっと大切なものがあるのだ。たとえ自立できていなくても、ひとりの人間として認める。認められる。そこには、人間尊厳への、高らかな宣言があった。要は、ひとりの人間として大切にされる社会こそが必要なのであり、働くことが自立なのですと強要されて、働くことが自立ではない。まして支援ではない。その人、その人の自主性を尊重することが、支援なのだ。

27 精神障害者宅へのヘルパー

堺市の中百舌鳥にある、ヘルパーステーション『ふわり』の登録ヘルパーとして、現在は、火曜から土曜日までの五日間、毎日二時間のヘルパーに行っている。Aさんは週に一回、BさんとCさんは週に二回。AさんとCさんは統合失調症であり、Bさんは躁うつ病である。Aさんは六十代、BさんとCさんは五十代、いずれも男性の独身である。精神の人たちへのヘルパーなので、衣類の着脱、入浴介護、排泄介護などはいらない。主として、掃除、調理、相談や話し相手が中心である。Bさん宅では洗濯もしている。日頃、一人で暮らしている時間が長いので、話し相手になることが、かなりのウエイトを占める。役所から届いた書類に対して、どのように書いたらいいのかという相談もある。

Aさんは、二年前の三月に、二十二年と数カ月ぶりに、精神科病院を退院することができた。すでに六十三歳になっていた。それまでの人生の三分の一を、精神科病院のなかで過ごしていたことになる。退院前の一年と七カ月、わたしは退院促進支援事業の自立支援員として、Aさんの退院に向けて一緒に寄り添い、さまざまな支援をしてきた。二〇〇七年の八月から、今度はアパート住まいをするようになったAさん宅に、退院促進の支援員としてではなく、ヘルパーとして訪問をし、生活のうえでの手助けをするようになった。

二十二年という入院期間は、あまりにも長すぎた。病状的には落ち着いているにもかかわらず、父親の強力な退院への反対があって、病院側もそれを受け入れ、入院継続を余儀なくされていた。父親が九十三歳を過ぎて亡くなり、妹さんの時代になって、ようやく退院の話がもちあがってきたのである。自分の人生である入退院でさえ、自分で決められないで、親に左右されてしまう。Aさんは、医療保護入院という悪しき制度の犠牲者でもあった。精神の病気のほうは落ち着いているのに退院できない。全国で七万三千人はいるだろうと言われている、社会的入院者の一人でもあった。

「俺を地獄に落としやがって」と、Aさんは今でも父親を恨んでいる。「せめて、四十代には退院させてほしかった。それなら、就職できたかもしれないし、結婚もできたかもしれない。俺の人生を台なしにしやがって」と、すでに死んでしまっている、父親を許せないでいる。そして、六十代にもなってしまって、大して楽しみも期待ももてないこれからの人生を嘆いている。

そのAさん、最近は、一、二カ月ほど入院してみたいと言うようになった。「病院だと仲間もいて一人じゃないし、冷房暖房が効いているし、食事も三度三度作らなくてもいいので、病院のほうが楽ができる」とも言う。いわゆる施設病というものだろう。入院生活が長引けば長引くほど、それまでできていたこともできなくなる。何もかも決められてしまった生活を長年にわたって続けていると、自分が何をしたいのかという自主性も衰えてくる。もともとAさんには、めんどくさがりの性格があるのだろうが、二十二年もの入院生活による後遺症は、すぐには治らない。「弱音を吐かないで、頑張ってみましょうよ」と、わたしはとりあえず言ってみるが、弱音を吐く気持ちが分からないわけでもない。

Aさんに限らず、BさんCさんも長期間の入院は御免だが、一、二カ月の休養入院ならしてみたいと考えている。衣類の着脱も入浴も、歩くことも一人でできる。それでも精神障害者にとって、特に一人暮らしの人にとっては、地域で生活することは煩わしく、しんどい思いをすることが多い。精神障害者宅へのヘルパーは、地域で生活することの負担を軽減させ、なるべく病状を悪化させることなく、入院しなくともなんとか過ごせるよう手助けすることである。

「近島（わたしの本名）さんが来てくれることで、助かっている。頼りにしている」などの感謝の言葉を聞くとき、ヘルパーをしていてよかったと思う。金のことだけを考えるなら、一日に五時間ほどのパートを週に五回ほどしているほうがはるかに金になるが、精神障害者へのヘルパーにしろ、退院促進の支援員にしろ、電話相談にしろ、金では代えられないやりがいがある。妻からは仕事だかボランティアだか分からないと言われるが。

28 ピアヘルパー

ピアヘルパーとかピアサポーターとか、と呼ばれている。当事者が当事者を支援することを言い、そのことが全国的にも注目され始めている。二〇〇九年十一月二十日、読売新聞東京本社の人が、『ふわり』にピアヘルパーについての取材に来た。『ふわり』は主として、精神障害者への居宅介護や、ガイドヘルプを行っているヘルパーステーションである。現在七名のピアヘルパーがいるが、取材当日は、わたしを含めて五名のピアヘルパーと二名のスタッフが参加した。統合失調症と診断されている人が二名、うつ病と言われている人が三名、スタッフは健常者などと言われ、精神の病はもっていない。

車椅子生活者が、他の身体障害者の車椅子を押して動くということは不可能だが、精神障害者の場合、病状のコントロールができている精神障害者が、他の精神障害者をサポートすることは可能である。歩くこと、走ること、手足を動かすことなどの運動能力は健在だし、知的障害者でもないので、考える力も健在である。ただ、精神障害者には、精神障害者のしんどさ、生きづらさがある。病状が回復していても、薬の副作用で疲れやすく、長時間の労働は不可能である。

精神の人たちへのピアヘルパーになるためには、健常者と同じようにヘルパー二級の資格がいる。二〇〇三年にわたしがヘルパーを始めたころは、二級の資格だけでなく、精神の人たちを理解するための「上乗せ研修」も必要だった。今は二級の資格だけでいけるようになり、精神病のことをまだよく知らない人も、精神病の人たちの居宅を訪れ、ヘルパーができるようになった。

なぜピアヘルパーになろうと思ったか。取材記者の質問に対して、自分も精神障害者だから、仲間の役に立つ仕事がしたいという答えが多かった。大なり小なり使命感のようなものに突き動かされて、ピアヘルパーの仕事を選んでいる。病気をもつものとして、同じような病気をもつ人たちの役に立ちたいという思いからだ。

『ふわり』には、三十名ほどのヘルパーがいる。二十数名は健常者だ。そのうち子供が精神障害者だという人が、半数近くいる。七名は自らも精神障害者だ。ピアヘルパーと一応は呼ばれているが、仕事は健常者と同じようなことをする。時給も健常者と同じだ。ピアであるということだけでは、ピアヘルパーはできない。ヘルパー二級の資格をもっているのはもちろんのこと、掃除、洗濯、調理、話し相手や相談は、最低限できなければならない。働くためには病状が安定していなければいけないし、それなりの能力も求められる。ピアだから仕事ができなくても許してもらえるものではない。ピアだから、よりプラスになることがあり、健常者にはないプラス面を求められる。

健常者のヘルパーだと、精神病の人たちのしんどさをなかなか理解しづらい。五体満足で、見た目では、普通の人と変わらないので、利用者に対して、さぼっているとか、怠けていると思いやすい。ピアだとしんどさは自分も体験しているので、共感し、寄り添っていくことができる。それが利用者にも伝わり、安心感や信頼感を生む。ありがとうと感謝されていることが伝わる。やり甲斐を感じさせてもらえることで、こころが癒され、ピアサポートするほうもサポートされる。

『ふわり』の良いところは、自分のペースに合わせて仕事ができることだ。わたしは一日に一回、週五回のペースでヘルパーをしているが、週二回でも、一回でも許される。体調が悪くなれば休むことも許される。長時間働くことが苦手な者にとって、恵まれた職場だと言えるだろう。もうひとつ良いのは、毎月一回、ヘルパー会議をしていること。利用者とのコミュニケーションの取り方、熱中症や食中毒の勉強、腎臓病や糖尿病の人の食事、利用者の希望にそった支援とは？　などの勉強をしている。仕事をするうえでのスキルアップができるし、事例研究などの情報交換もできる。

精神病の人たちを扱っているヘルパーステーションはまだまだ少ない。しかも七名ものピアヘルパーのいるヘルパーステーションは、全国でも珍しいだろう。精神病の人に理解の深い事業所として誇っていける。これからは、さらにピアヘルパーが増えることを望んでいる。『ふわり』のような働きやすい職場が増えればいい。

29 大阪府立大学での講演

二〇一〇年一月二十二日に、大阪府立大学で、社会福祉を勉強している学生を対象に話をしてきた。当事者が当事者を支える活動、そのピア（仲間）活動の長所について、話をしてきた。一時間ほどの講演と十五分ほどの質疑応答であった。前半は、わたし自身の統合失調症の病気の体験と、その回復過程でいかに仲間との触れ合いが大切であったかについての話。後半は、わたしが仕事として、かつピアとしてかかわっているホームヘルパーと、退院促進支援事業の支援員についての話。

わたしは三十五歳で統合失調症になったが、妻の反対もあって、入院することはなかった。四六時中、幻聴を中心とする激しい幻覚や妄想に巻き込まれていて、大抵の人は入院するが、わたしはしなかった。入院しなかったことによって、わたしは地域で生きていく力を、大きく損なうことはなかった。しかし、自分は病気であるという自覚、いわゆる病識はもてないまま、巨大な数の敵がいるという統合失調症の妄想を抱いたまま、五十一歳まで過ごした。なぜなら、入院しなかったわたしは、同じような病になっている人と、出会ったことがなかったからである。幻聴も激しく聞こえていた。わたしがおかしいのではない。周囲がおかしいのだと思っていた。わたしに思考や感情を吹き入れたり、わたしの肉体を操ったりすることのできる秘密兵器があるのだと思っていた。

精神病の人たちの作業所『泉北ハウス』に通うようになり、仲間と出会って、話を聞くことによって、初めて、わたしもまた妄想を抱いていたのであり、統合失調症という病気であったのだと知ることができたのである。それまでは、主治医も敵のグルであり、わたしに精神病というレッテルを貼ろうとしている、と思い込んでいた。

敵がいたのではなく病気であったのだと気づくことで、緊張感は緩和されたが、自分は精神病であったのだと知った落ち込みも大変なものであった。それを救ってくれたのも仲間、ピアの力であった。なにか事件があったときの、テレビや新聞の報道の在り方にもよるのだが、精神病者は精神がおかしくなっている、何か怖い存在という偏見がある。また一方で、五体満足なのに、何を怠けているのだという偏見がある。病気そのもののしんどさ。薬の副作用によるしんどさ。偏見にさらされているしんどさ。根気力・集中力・持続力が衰え、できていたことができなくなって、疲れやすくストレスにさらされやすいしんどさ。こんな自分が生きていていいのかと自己否定に陥りやすいしんどさ。ピアだと同じような体験をしているので、相手のしんどさ、悩みや不安を理解しやすい。多くを語らなくても通じ合える。そのことが相手にも伝わり信頼関係をもちやすい。

仲間と触れ合うことで、自分もまた生きていていいんだと思えるようになること。できなくなってしまっていることがあったとしても、休息や安らぎを経て、まだ自分にもできること・やりたいことがあることに気づくこと。それらのことを、わたしは仲間から学ぶことができた。さらに休息期間を経て、自分にも何かできるという力が湧いてきた。わたしは仲間によって病識をもつことができ、精神病だと知ったときの落ち込みも、仲間によって救われた。だから自分にも何かできるという力を、仲間のために使いたいと思うようになった。精神病の人たちの家を訪問し、ヘルパーをするようになった。電話相談をするようになった。精神科病院に長期にわたって入院している人が、退院できるよう、支援する仕事をするようになった。

受け身の立場、支援される側だけでなく、支援することで感謝される。人とのつながりをもてる。やり甲斐や生きていることの意味を感じさせてもらえることで、ピアサポートする側も、逆にピアサポートされる。おおむね、以上のような話をした。

会場からいくつかの質問のうち、次のような質問があった。「ピアであるというだけで、ピアサポートはできるのか」「体験していない人は体験していないというだけで、だめなのか」と。ピアサポートの効用が脚光を浴び始めている一方で、それを疑問視する声もある。今後のエッセイで、質問の意味を深めたい。

30 入院を拒否される

二〇〇六年の八月の終わりころ、近畿大学付属病院に緊急入院をした。妻と娘に連れられて、待合室のソファーに座っているとき、突然にケイレン発作を起こしたためである。以後、十日ほどおよそ十分間隔ぐらいでケイレンは続いていたらしい。直接の病名は無菌性髄膜脳炎。脳炎の一種である。統合失調症の幻覚・妄想も激しく出ており、血糖値も五〇〇を越えていたらしい。多発性軟骨炎も発見された。医者は命を取り留めても、かなり重い後遺症が残るかもしれないと、家族に覚悟をしておくように言っていたそうだ。幸いに、大した後遺症もなく三十六日後には退院できた。以来、三カ月に一回、膠原病内科に通っている。

体力も回復し、免疫力もついてきたのか、耳・喉・胸などの軟骨の痛みもなくなり、ステロイドを服用する必要もなく、薬なしで診察だけで過ぎてきた。血液検査をし、主に炎症の数値が高いかどうかを中心に調べていたが、一年ほど前から、血糖値も調べるようになった。そして、血糖値が異常に高いから入院するように、膠原病内科の主治医から勧められた。それまでにも、家の近くの内科で月に一回診察を受け、糖尿病の経口薬を貰い服用していたが、経口薬だけでは追いつかず、朝の空腹時でも血糖値が三〇〇を越えたりしていた。

病院とクリニック、どちらの医者もすぐにでも入院するよう勧めたが、あいにく退院促進支援事業の自立支援員の仕事を継続中で、入院しているわけにはいかない。支援員の仕事は一対一なので、誰かと代わってもらうというのが難しい。ヘルパーの仕事や、電話相談のボランティアもあった。今は入院できないので、仕事が一段落してから入院すると断ってきた。十二月に退院促進支援事業の利用者が退院し、退院後のアフターフォローも終えたので、入院しようかという気になった。精神障害者宅へのホームヘルパーの仕事もしているが、こちらのほうは他のヘルパーと代わってもらいやすい。

ところが、いざ入院をしてみようということになって、精神障害者への偏見、特に統合失調症という病気をもっている人への偏見を改めて知ることになった。糖尿病だから、糖尿病の入院設備のある病院ならどこでもいいだろう、近くて便利なところがいいだろうと考えがちだが、ダメなのである。内科や外科だけしかない病院だとダメなのである。精神科もある病院でないと、統合失調症というだけで入院を拒否される。遠くて不便でも、精神科のある病院でないと、入院できない仕組みになっているのである。家の近くにある近畿大学医学部堺病院だと、精神科がないので入院はさせてもらえない。門前払いで入院を拒否されるのである。

遠くの狭山市にある病院にまで、行くことになった。近畿大学医学部付属病院には、精神科もあるので、膠原病内科の主治医から糖尿病内科を紹介してもらい受診した。血液検査の結果を見て、やはり入院が必要ですねということになったのだが、ここでも、わたしの統合失調症が問題にされた。統合失調症だと安心して診れない、他の患者さんと問題を起こさないかということも気になるので、通院している精神科の主治医の意見書を貰ってきてほしいと言う。なぜ、そこまで面倒なことをしなければならないのかと疑問に思った。精神科の主治医の意見書をもらうためには、わざわざ日を改めて、クリニックへ行かねばならない。

「統合失調症の病状は落ち着いています」と、糖尿病内科の先生に言っても、それだけでは信用してくれない。単に病状が落ち着いているだけでなく、ホームヘルパーや退院促進支援事業の支援員の仕事もしています、社会福祉法人の理事長もしています、堺市長から精神障害者相談員としての委嘱も受けています、と言ってもだめである。わたしは運よく、堺市委嘱の精神障害者相談員の名刺や、二級ヘルパーの写真付きの証明書を持参していたので、名刺も見せて証明書もみせて、やっと、「それでは入院手続きをしてください」ということになった。「精神科の主治医の意見書」などという二度手間三度手間は要らずにすんだが、名刺も持たない大多数の精神障害者はどうなるのか気にかかった。精神障害者は、内科や外科だけの病院にはすんなりとは入院できないのである。

31 ここ五年の移り変わり

このエッセイの連載も、今回で三十一回目を数える。リヴィエールは年六回の発行なので、五年以上が経過したことになる。この五年で、精神病を取り巻く状況も変化しつつある。喜ばしいことは、本名を名乗って、自らの病気の体験を語る当事者が増えてきたことである。マスコミもテレビや新聞などで、うつ病、アルコール依存症、統合失調症などについて、以前より多く報道するようになってきた。当事者会も各所で作られ、病気の仲間同士の触れ合いが増えつつあるようだ。まだまだ少しずつではあるが、自己主張できる当事者が増えてきたということだろうか。

年に十回前後、依頼されて講演に行っているのだが、依頼内容も五年前と比べると、かなり変わってきた。以前は、病気そのものの体験談を語ってほしいという要望が圧倒的に多かった。病状の大変さや、服薬の大変さについて、語ることが多かった。最近は支援者に望むこと、どのようなスタッフが良くてどのようなスタッフが悪いのか、などについての講演依頼が多くなった。さらに最近は、どのようにして、病気がコントロールできるようになったかとか、病気の回復過程についての話が求められるようになった。ピアヘルプ、当事者が当事者を支え合う活動についての、実践体験の講演依頼も増えている。具体的には、ピアによる電話相談や、ヘルパーや退院促進支援事業の支援員の話などである。精神障害者を取り巻く、差別や偏見について、講演を求められることもある。

いわゆる「作業所」、精神障害者が日中に過ごす施設の様子もかなり変化している。ここ数年で、施設の名称は目まぐるしいほどに変わっている。六年前は無認可作業所がほとんどであった。国からは正式に認められていないが、行政から補助金が出ていた。事務手続きもゆるやかで、スタッフに負担がかからない分だけ、当事者との交流に時間が取れ、当事者ものびのびとした時間を過ごせていた。仕事をしている作業所も多いが、まだまだ居場所のほうに重点があった。

ところが、法人にしなければ補助金が降りないという情報が入った。一般の社会福祉法人にするには、一億円の基本財産が必要であるが、限定社会福祉法人ならば一千万円でいいという。一千万円をためるのに、並々ならぬ苦労をした。その後、わざわざ社会福祉法人にしなくても、NPO法人でも補助金が降りることが明らかになった。さらに現在は、新規の限定社会福祉法人は認められないことになり、新規に法人を立ち上げるには、一億円を必要とするようになっている。

この間、施設の名称は、無認可作業所から小規模授産施設に変わった。今また自立支援法ができ、就労継続支援型か、生活支援センター型かの選択を義務づけられるようになっている。スタッフの事務量が膨大に増えて、施設の利用者へのきめこまやかな対応が減退してきている。人と接するのではなく、書類やパソコンと接する方向へ、利用者を管理する方向へシフトしてきている。昔の伸びやかさを懐かしむ声があがるのも当然のことだろう。

家庭の状況も変わってきた。生活保護で暮らしている人は単身者が多いが、そうでない精神障害者の多くは親と一緒に暮らしている。その親がこの五年間に、さらに高齢化している。食事作りも、掃除や洗濯も、親まかせにしてきた当事者が多い。ところが、親も高齢のため認知症が出てきたり、身体障害になったりして、逆に親の面倒を見なければならないようになり、困って不安になる当事者が出始めた。当事者も年をとっていくが、親も年をとり、親の高齢化が深刻な問題となってきている。親なきあと、精神障害者はどのように暮らしていけばいいか。家族会でも悩みの種になっている。収入のある親と同居している間は、生活保護はもらえない。親が死んでしまえば路頭に迷ってしまう。生きている間に、子供をアパートや公営団地に住まわせて、別の所帯にして、生活保護で生きていく方法が模索されている。

ヘルパー制度、グループホームや援護寮、成年後見人制度などを、充実させなければならない必要に迫られている。七万人いると言われている、社会的入院者の退院促進事業も、当初目標に遅れている。当事者が声をあげる大切さはさらに増してきている。

32 療養環境サポーター

五回ほどの研修を受けて、二〇〇八年から精神医療オンブズマンのボランティアをするようになった。昨年からオンブズマンは、療養環境サポーターと名称が変わった。交通費と、打ち合わせのときのコーヒー代は出されているが、時間給などは派生しないボランティアである。大阪府下の精神科病院をまわり、約三年で一巡している。普段は週に五日、精神障害者宅へのヘルパーに行っているので、参加できる機会が少なく、これまではまだ四つの病院しか訪問できていない。しかし、それなりに見えてきたものが多々ある。

受け入れをOKしてくれた精神科病院を訪問して、病棟内に入り、設備や安全性はどうか、人権やプライベートなことが保障されているか、服薬の仕方や小遣い管理、入浴や外出の割合など、療養環境を視察し、直接患者からの聞き取り調査などを行っている。訪問が終わった後、病院側と話し合いの場が設けられる。改善してほしいことなどがあれば、それを病院側に伝える。そして、その活動報告を、NPO大阪精神医療人権センターの機関紙に載せている。病院側からの訂正や意見、さらに検討協議会での検討内容を踏まえて、訪問内容を要約して掲載している。検討協議会の正式名称は、大阪府精神科医療機関療養環境検討協議会という長ったらしい名で、何度聞いても覚えられそうもないが、府下十二機関および学識経験者一名で構成されている。

わたしはまだ四つの病院を訪問しただけだが、それでも病院によって、かなりの差があることが分かってきた。トイレなどが清潔に保たれていず、廊下にまで異臭が漂っている病院がある。男子用便器の下はびしょびしょで、汚れた雑巾がおかれたままになっていたりする。トイレットペーパーも置かれていない病院がある。そんな病院は、ベッドとベッドの間にカーテンの仕切りもない。部屋の隅にポータブルトイレが置いてあるが、仕切りがなく用を足すのが丸見えで、プライベートに対する保障といった視点がまったく欠落している。タバコの分煙も不完全で、病室にまでタバコの匂いが入ってくる。公衆電話も詰め所のそばにあり、電話しづらくなっている。またこういった病院では、患者を押さえ付けて置く拘束帯が目立って多いようにも思える。拘束が必要でないときでも、拘束帯が片付けられないで、ベッドに置かれたままになっている。そして、このようにハード面で悪い病院は、ソフト面でも多々問題を抱えていることが多いようだ。

他方、ハード面ではほとんど申し分のない病院もある。トイレに異臭がないのはもちろん、高齢者病棟でも高齢者特有の異臭がない。壁も通路も病室も清潔そのもので、空調が適切に保たれている。カーテンの仕切りもちゃんとある。公衆電話もナースステーションから離れていて、囲いまでほどこされ、プライベートへの配慮も伺えられる。入院患者の権利に関しての貼り紙も、目立つところにされているし、意見箱も設置されている。タバコの分煙も完全に行われている。ハード面で良い病院は、ソフト面でも配慮がなされ、患者の人権もかなり保障されている。だが、こうした病院でも問題がない訳ではない。入院患者に快適な療養環境を整えるという点では、ほぼ成功している。しかし、退院に向けてのプログラムやシステム作りがまだまだ不十分で、結果として入院を長期化させている。

病気が完全に治っていなくても、ある程度、症状が落ち着けば地域で暮らしていけるようになる。地域で暮らすからこそ、地域で暮らしていくスキルを獲得することができるのだ。そのためには、入院期間中から、地域での生活に近づける必要がある。外出の自由はもちろんのこと、服薬や金銭管理も自分でするほうがいい。地域の作業所や地域活動支援センターを入院中から見学させ、病気があっても、幻聴が聞こえていても、地域で生きている当事者との交流などが、もっともっとなされるほうがいい。精神科病院は、退院に慎重すぎる。患者の安全や安心のために、親切心から患者を抱え込むことは、親切であって親切でない。一日でも早く、地域で生活できるよう支援すること。それが親切である。

33 生きづらさ

ここ二年ほどで、四名の精神障害者がわたしの周辺で死んでいる。三十代の男性が二人、四十代の女性が一人、六十代の男性が一人である。そのうち三人は自殺、一人は薬を飲みすぎての事故死である。以前からこころの病気をもつ人たちが、自殺や薬の多さで死ぬことはあったが、近年その頻度が増えているように思える。

わたしも統合失調症とアルコール依存症の重複症状で、悲惨な日々を過ごした時期があり、自殺を考え何度か試みようとまでした。妄想上の敵と戦わねばならないという思いが、かろうじて自殺を思い留まらせていた。それでも、敵の攻撃に打ちのめされて、へとへとになったとき、死んだほうが楽ではないかと何度も考えた。

しかし、わたしはまだ恵まれていた。統合失調症の発病が三十五歳で、多くの人よりも遅かったので、社会的な経験もむしろ豊かにあり、いろいろなことを判断していく能力も有していた。さらに、二十五歳での結婚以来、二人とも働いていて、むしろ妻のほうが収入が多かった。わたしが働けなくなって、家事をするようになっても、経済的に困るということがなかった。

自宅療養を何度も重ねながらではあるが、発病して九年間、入院しないで同じ会社に勤めた。家を買って、ローンが始まったばかりであったこと、二人目の子供が生まれたことなどがあって、働かなければならない状況でもあった。十年目に他の会社に転職するが、体力より病状のほうが上回るようになり、就労は不可能な状態になった。そのとき、妻の言ってくれた一言。「もう働かなくていいから、家のことをして」という言葉が、わたしを救ってくれた。

精神病になったために、離婚する人は多い。特に、男性だけが働いていたケースでの離婚が多い。男性の収入だけに頼ってきていた家庭では、男性が働けない状況では、経済的に成り立っていかないからである。うつ病などで家事のできなくなった女性も、実家に帰され、離婚されたりしている。しかし、男性の収入で経済的には成り立つので、離婚率は男性が精神病になったケースほどには高くない。理解と愛情のある男性に恵まれた場合のみ、女性は結婚を続けていられる。

妻と二人の子供と一人の孫と一軒家まであるわたしは、幸せ者だろう。心の病をもつ仲間からは、時に羨ましがられたりする。三十歳も過ぎると、男も女も結婚してみたいと考えるようになる。できれば子供も作りたいと考えるようになる。六十歳を過ぎて一人暮らしは淋しいと感じるようになる。それは人間として、普通の感情だろう。しかし、精神障害者にとって、就職と結婚へのハードルはかなり高い。ひとつは病気そのものの症状によって、ふたつは薬の副作用によって、精神障害者は疲れやすい。高給でなくとも、ごく普通の収入を得るために働けるだけの体力がない。多くの精神障害者にとって、労働は不可能である。親は子供が働いているると安心する。そういう親が多い。しかし、いわゆる作業所で働くにしても、社会的就労ということなので、最低賃金が保障されるわけではない。比較的に賃金のいい、我が社会福祉法人『レーベン』でも、時間給三百円がいいところだ。作業所によっては時間給七十円のところさえある。一生、親の庇護のもとに暮らすか、親元を離れて生活保護に頼るしかない。

通常の人と同じようには働けないジレンマ。時に自分自身への失望。自分自身を評価してあげることができないで、多くの精神障害者は、自殺したい衝動と背中合わせに生きている。大量の薬を処方する精神科医もいて、薬の量を多く飲みすぎてしまったために、死に至るケースもある。なぜか、わたしの周辺には、ここのところ暗いニュースが多い。

そんななかでも、明るいニュース。わたしの知人は生活保護だが、結婚し、二人の子を育て、ピア活動に励んでいる。心の病をもつものが、心の病をもつ人たちをサポートしている。できないこともあるなかで、できることを見つけだし、精神障害者も生きやすい社会にするため、情熱を燃やしながら、日々を生きている。

34 発病当時

読者から、発病当時のことについて知りたいという要望があった。わたしの初診は、一九八一年四月二十七日、三十五歳のときである。わたしはまったくノータッチだったのだが、妻は耳原病院のCW（ケースワーカー・社会福祉士）と相談し、わたしをアルコール専門病院である新生会病院へと連れて行った。そこでも、わたしはロビーのソファーに寝転んだままだった。ぐったりとして座っている気力もなく、幻聴を聞き、誰かが今にも襲ってくるような気配で緊張していた。妻と医師との話が終わって、わたしは診察室に呼ばれた。医師から「あなたはアルコール依存症ではありません。精神分裂病です」と言われた。「この病気は、精神科の医者でないと治せません」とも言われ、精神科病院である泉州病院のI先生を紹介された。すでに夕方になっていたので、翌日に、泉州病院を訪れることになった。

精神分裂病と宣告された四月二十七日、おそらくはその半年ぐらい前から、わたしはわたしの周辺に、異常さを感じ始めていた。自分のことがうわさされている、見張られている、尾行されているといった感じが、肌身を刺すようにひしひしと感じられ、そうこうしているうちに、幻聴が聞こえ、幻視・幻臭・幻味・幻触だけでなく、ありもしない気配までが迫ってくるようになった。

最初は盗聴器や隠しカメラを疑い、部屋中を探し回った。幻聴の証拠を掴むために、録音テープをまわし続けた。監視されていることを証明するために、駐車している車のナンバープレートを、カメラで写しまくったり、スーパーも怪しいと思い、店の人や行き交う人たちをカメラで撮りまくった。知らないうちに何か微粒子のようなものを飲まされているのだと疑い、大便をミルク缶に詰め、「検査してもらうんだ」と叫んだりした。幻聴は知っている人の声、知らない人の声、老若男女さまざまで、延べにすれば何百人、あるいは何千人の声が、次々と入れ替わり立ち代わり聞こえた。眼が覚めてから眠りにつくまで、ときには機関銃の乱射のように、またあるときは寄せては返し、また寄せる波のように波状攻撃的に聞こえた。聞こえてくる内容もさまざまである。思ったこと考えたこと、行動したことに対して、批判する声もあれば賛同する声もある。「暴力団だ、ぶっ殺すぞ」「大阪府警だ、デッチアゲなんて簡単だぞ」という脅しの声もあれば、「石村さん頑張って」「素敵」「さすが」などという励ましの言葉もある。幻聴だけでなく、わたしの周辺の人たちも、敵味方入り乱れ、目まぐるしく動き回っているように感じられた。

おそらくは、睡眠不足と緊張の連続で、自律神経もおかしくなったのだろう。手が急にピクッと右や左に動く。怖がってもいないのに、心臓がドキドキしたりする。目まぐるしく思考が回転するかと思えば、まったく停止してしまって、何も考えられない。自分の思ったことが、周囲の人たちに筒抜けになっているように感じる。かと思えば、その場、その状況では不自然な感情が外部から吹き込まれているように感じる。自分の眼はビデオカメラになっていて、自分の耳は録音テープになっていて、それがあらゆるところに、転送されているように感じる。幻聴だとは分かるが、その幻聴は実際の音や声を遮断して、まったく別の音や声に、コンピューターによって制御され、作られたものであると感じる。途中の経過は省くが、わたしはわたしの周辺で起こっている異常な現象を、わたしなりに推理した。そして、人間の肉体・感情・思考を、自由に操ることのできる秘密兵器があると確信した。聖書では眼の不自由な人や足の悪い人が、キリストによって治されたという話が出てくる。良くすることができるなら、悪くすることもできる。そのような秘密兵器があり、すべての人間は、秘密結社に属する一部の人に操られている。わたしだけがそのことに気づいたのだと思った。気づいたから、わたしは攻撃され、モルモットにされているのだと思った。新聞にもテレビにも報道されていない世界的秘密。それを暴くべく、わたしは寝ずに原稿を書き、新聞社に送るため、翌朝それを会社でコピーし始めた。わたしの異常ぶりが、会社の人たちに知れることになった。妻が会社に呼ばれた。社長の言うことも聞かなかったわたしだが、妻には従い、連れ添われて病院に行った。

35 続・発病当時

三十五歳。アルコール専門病院で「依存症ではない、精神分裂病です」と言われたわたしは、涙がぽろぽろと流れ落ちた。敵は医者にも圧力を加えて、わたしを精神病扱いにしようとしている。暴力団も警察も病院さえも、傘下においている巨大なる敵。秘密兵器をもっている巨大な秘密結社。なすすべもない自分の無力さに対して、悔し涙が溢れ出た。精神科病院を紹介され、その日は妻と家に帰った。

幻聴が次々と襲ってくる。しかし、それはコンピューター装置によって作られた幻聴に違いない。犬や猫の鳴き声さえ、あらゆる人間の声質で、日本語に変換できる。敵は心理学者もそろえていて、わたしの弱さを突いてくる。わたしは必死に戦った。次から次へと出てくる、敵の幻聴をひとつひとつやっつけていった。やっつけて、「まいった」などという幻聴もあるが、しばらくすると、また同じことを言ってくる。わたしに味方する幻聴もあって、それらに導かれながら、敵が言ったことをひとつひとつ論破する。最高責任者がいるはずだ。敵の幻聴をやっつけていくことで、最高責任者に到達しなければならない。巨大な秘密結社がある。人間の肉体・感情・思考を、自由に操ることのできる秘密兵器がある。そのことを新聞やテレビでおおやけにすること。わたしは世界的な秘密事項がおおやけにされることを、叫び続けた。最高責任者ではなかったけれど、かなりの地位にあると思われた人にまでたどりつけた。「秘密事項を公表してやる。その代わりおまえは人体解剖されろ」と言ってきた。わたしはそれを認めた。わたしの死と引き換えに、すべては公表される。そのように敵と話がついた（ように思えた）。

妻が風呂に入ることを勧めた。せめて、人体解剖をされる前に、「体を清潔にしておきなさい」ということだろう。部屋にはスイセンの花の匂いがしていた。妻も、わたしが犠牲になって死を選んだことを、受け入れようとしていると思った。翌日、わたしは妻に連れられて、精神科病院に向かった。ゴルゴダの丘に向かうキリストのようであった。行き交う人たちが、尊敬と悲しみで、わたしを見送っていた。やがて病院。わたしはベンチに座る元気もなく、横になって幻聴を聞いていた。敵はまだ、わたしに攻撃を繰り返していた。わたしが心変わりして、秘密事項の公表などと言わないように、最後の悪あがきをしていた。診察室では妻と精神科医が話をしているらしい。どれくらい、たっただろうか。やがて妻が、水の入ったコップと薬を持ってきた。これは毒薬だと思った。妻もわたしが人体解剖されるのを望んでいるらしい。世界的秘密事項が公表され、人類が救われるほうを選んだらしい。妻もわたしが死ぬことを望んでいるのだと思って、一気に薬を飲んだ。毒薬ではなかった。それはわたしが初めて飲んだ抗精神病薬であった。

主治医は入院を勧めたらしいが、妻は入院に強く反対した。自宅療養を六週間した。強い薬がかなり大量に処方された。朝昼晩と一日に三回、薬を飲んだ。こめかみが締め付けられるように固くなり、ロレツがまわらず、よだれが垂れた。アカシジアという薬の副作用だとあとで知るが、おなじ姿勢をじっと続けていることができない。動いてばかりになった。妻が薬を飲むように勧める。だれが言っても聞かないわたしだったが、妻の言葉には従った。どんな事情かは知らないが何か事情があり、妻はわたしのためを思って薬を飲ませようとするのだろう。わたしは病気だからと認識して、薬を飲んだのではなかった。薬を飲むとまるで機関銃の乱射のように激しく聞こえていた幻聴が、雨垂れの音のように緩やかになった。薬を飲むと、敵は攻撃の手を緩めるのだろうと妄想していた。

妻も統合失調症という病気の大変さを理解していなかったらしい。仕事に行くことになり、朝晩二回の薬になったが、六週間の自宅療養で病気が治るわけではない。幻聴を主とする幻覚・妄想のなかで、仕事に集中しなければならない。仕事に行っているのか、拷問を受けに行っているのか分からないような日々であった。仕事だから、正確さとともに早さを要求される。薬を飲んでいると、仕事がとろいと感じる。かってに薬の量を減らしたり、やめたりして、病状を悪化させた。

36 続々・発病当時

精神科病院に入院することに妻は反対した。幻聴を中心とする様々な幻覚や妄想・異常行動はあったが、暴力を振るうなどの他傷行為も、自殺などの自傷行為もなかったので、自宅療養を六週間することになった。入院させられていれば、妻にも不信感をもち、おそらくは病院内で暴れて、保護室に入れられ、長期入院になっていただろう。わたしは自分が病気だとも思わず、医者も敵のグルで、わたしを精神病者に仕立てようとしていると思っていた。だから、主治医には、わたしの身に起こっている本当のことを話さなかった。わたし自身の統合失調症に対する理解は、無に等しかったのだ。

妻も統合失調症の大変さを理解できていなかったようである。月に百時間を超えるほど、残業や休日出勤の多い会社のせいと思い込んでいたようだ。幻聴や妄想の内容について、わたしは妻にほとんど話さなかった。巨大な組織や秘密兵器が、わたしを襲っていることを話せば、敵は妻にも危害を加えると恐れた。会話はすべて盗聴され、思ったこと考えたことまでも、敵には筒抜けになっているのだと思っていた。そして、妻には妻の事情があって（どんな事情なのかは具体的には分からないのだが）、わたしが敵に殺されないために、何も話せないのだろうと思っていた。

今、振り返って考えると、やはり入院していたほうがよかったかも知れない。そうすれば三十五才から五十一才まで、十六年間もの長きに渡って、病識もないまま孤独な戦いを続けることも無かったはずだ。早期発見・早期治療は必要だったのではないか。統合失調症に対する分かりやすい説明と、適切な医療は必要であったと今なら思える。さらに、病気の仲間との触れ合いがなされていれば、もっと早くに病気だと認識し、治療に専念できたかも知れないと思える。そういう意味で、妻もわたしも、統合失調症に対して、あまりにも無知であった。

六週間の自宅療養を終え職場復帰した。長男七歳、妻のおなかのなかには長女が宿っていた。三十三歳でマイホームを持ち、ローンが始まったばかりであった。働かなければならなかった。それ以上にわたしには、同じ会社で働かねばならないという妄想があった。近所の人も、電車のなかの人も、街ゆく人もみんな怪しい。だが職場はもっとも怪しい場所だ。巨大な組織から、会社は圧力をかけられ、多額の金を貰い、わたしをモルモットにしているのだ。精神病者に仕立てあげようとしているのだ。従業員が増えたのも、社屋が拡張されたのも、秘密結社から裏金をもらっているからだ。だから会社にいれば、いつかは、芋づる式に真犯人にたどり着き、真相を知ることができると妄想していた。働いて、金をかせぐという以上の目的が、わたしにはあったのである。

いざ職場復帰をすると、敵味方入り乱れ、思わせ振りな言葉や行為をしてくる。わたしは印刷出版会社に勤務し、校正や版下や写真製版の仕事をしていた。「罫線をひく」という言葉に反応する。罫が刑のことを言っているように思えるのだ。「トリミングして」と言われても、トリが取るのように思えるのだ。同僚の発する言葉やしぐさが、わたしに対して、わざとしているように思える。関係妄想というのだと後で知った。

暴力団だ警察だと、脅し文句の幻聴もひっきりなしに聞こえてくる。わたしの行動や考えたことをいちいち批判する声（幻聴）も聞こえてくる。そういうなかで、仕事としての早さと正確さが要求される。交感神経全開の緊張の連続である。その後、九年間勤めた間に六、七回自宅療養を余儀なくされた。そのときのパターンはいつも決まっている。思考停止状態に陥ってしまうのだ。上と下とを入れ替えなさいという、簡単な作業さえできなくなる。疲れているから早退して休養しようとは考えない。実際の仕事を放り出して、幻聴相手に戦うことが、わたしの本当の仕事、本来の使命だと考え、幻聴を打ち負かそうとする。幻聴を相手にして、怒ったりニタニタして、仕事もせず、椅子からは一歩も動かない。社長が、帰りなさいと言っても帰らない。妻が来る。お父さん、帰ろう。妻の言うことだけは聞く。翌日、妻に精神科病院に連れて行かれ、またまた自宅療養となる。

37 否認の病気

アルコール依存症であれ、統合失調症であれ、否認の病気であると言われている。実際にも、自分がアルコール依存症や、統合失調症であると、認めたがらない人が多い。自分は病気だと認められることで、その病気はやっと回復の方向に向かう。病気ならば、治さなければならないと思えるようになる。薬も飲み、医者の言うことも聞かなければならないと思えるようになり、回復に向けて努力し始めるからである。自己コントロールもできるようになり、同じような病気をもつ人たちとの仲間づくりもできる。

なぜ病気であることを否認してしまうのか。それは一つには、そうした病気が存在するということを知らなかったという無知のせいである。十年、二十年前と比べると、病気に関しての報道はされるようになり、書籍も多く出回るようにはなった。だが、まだまだ少ないと言わざるを得ない。若いころからの教育、特に小・中・高の学年から、そうした精神の病気があるのだという知識が、伝わっていることが必要である。そしてそのためには、病気の当事者が教育の現場に出向いて、自らの赤裸々な体験を語り継いでいくことが大切である。当事者の話ほど、インパクトの強いものはない。ひととおりの解説で終わっている教科書と比べて、当事者の病気の体験は、はるかに具体的であり、病気の表面だけでなく、その内面もリアルに語れるからだ。しかし、精神病の人たちの体験談を一度でも聞いたことのある人は、ほとんどいないのが現状だろう。否認しているというより、知らなかったから、気づきもしなかったというほうが、より近いのかもしれない。

なぜ、病気であることを否認してしまうのか。二つには、精神病に対する世間の偏見の眼があるからだ。そうした偏見に満ちた世間に、自分も身を置いていたがゆえに、いざ自分が精神病になってしまったとき、自分で自分を偏見してしまうのだ。精神病とは思われたくない。自分が病気だとは思いたくはない、そうした心理が、自分に限って病気ではないと、病気を否認してしまうのである。

精神病は誰でもなる病気、統合失調症だけでも百人に一人がなる病気であることを知る必要がある。精神病は決して珍しい病気でもないし、非人間的な病気でもない。悪いことをしたから、なるというような病気でもない。むしろ非常に人間的な病気であることを知る必要がある。そして決して危険な存在ではないということも。それには、ここでもより多くの当事者が、病名も本名もさらして、いろいろと困難なこととしんどいこともあるけれど、普通の人間だよということを、世間の人たちに認めてもらう必要がある。元気な姿を見せて、回復可能な病気であることを知ってもらう必要がある。

三つ目は、先ほど述べた否認の理由によって、孤立化を深めやすいということである。自分の病気をおおやけにしないで、世間から隠して、ひっそりと世間のなかで生きようとする姿勢になりやすい。親・兄弟や親戚も隠したがろうとするから、なおさらである。だが孤立化は、病状の回復のためには良くない。自分が自分を差別していてはいけない。人間は認められることによって、安心感も、生きる希望も湧いてくる。人から認められることによって、自分を認めようとする勇気も出てくるのだ。隠さないで、堂々と生きること。当然ながら、自分を変えることも、社会を変えることも必要になってくる。

そのためには自助グループ、自助の効用も必要だ。病気を体験した人でないと、病気の大変さを分かってもらえないのは事実である。わたしの妻さえも、統合失調症のことを分かっているとは言いがたい。会社勤めまでしろとは言わないが、一般の人と同じような行動を求める。しかし実際は、薬の副作用などで疲れやすく、ふつうの人と同じようには動けない。怠けていると、思われやすい。仲間だとしんどさも分かり合える。分かってもらえるという安心感や、より具体的な情報も得られる。これからは、作業するばかりの作業所ではなく、より自助のできる雰囲気作りが望ましい。体験者でないと分からないことがある。病気というマイナス要素を、体験というプラス要素に変えていこうと思う。孤立者を一人でも少なくし、安心して自分も病気だと言える社会を作っていきたい。

38 電話相談

火曜日の二時から五時、大阪精神障害者連絡会(愛称・ぼちぼちクラブ)の『分かち合い電話』、水曜日の二時から四時、堺市の泉北ニュータウン地区の作業所での『ほっとほっと』で、電話相談をしている。『ほっとほっと』のほうは、宣伝も行き届いていないので、一日に二件しか電話がかかってこないが、『分かち合い電話』は十数件ほどかかってくる。ちなみに、二〇一〇年度の『分かち合い電話』の集計は七八九件で、話がしたい(30%)症状・薬(20%)事務連絡・その他(12%)入会の申し込み・会への問い合わせ(8%)友人・知人・近所関係(8%)家族関係(5%)、以下病院・デイケア、就労や職場での悩み、施策・行政、恋愛・結婚と続く。

精神障害者やその家族は、世間から孤立していることが多い。ひとりぼっちを無くそうということから、当事者による電話相談が始まった。精神病という、ある意味でマイナスな面を、同じような病気を体験しているがゆえに、分かち合えるプラス面に変えていこうという試みでもある。ピアであることは、対等・平等性・仲間意識をもつ。医師と患者や、施設の専門職と利用者との関係性のようなものではない。仲間同士のあいだでは、上下のような関係性はない。病気やおかれている状況を、分かち合える体験がある。診察と治療をしてもらう人、診察や治療をする人、そこにはどうしても上下関係が生まれやすい。作業所などでも、施設を利用する人とスタッフのあいだには、援助される人と援助する人という上下関係が生まれやすい。

ピアの場合は違う。病気のしんどさ・薬の副作用・世間の偏見・福祉体制の不備・精神科治療の在り方などで、共通の思いがある。そこには、上下関係でなく、横一線の関係がある。自分もまたそうである、そうだった時期がある。あなた一人だけが悩んでいるのではない、というメッセージを送る。共感や肯定できるところは、自分もまったく同じであることをちゃんと伝える。単なる励ましではなく、似たような体験を共有することで、自信や生きる勇気をもってもらうようにする。多くの医者にあるような指示や命令はしない。基本はあくまでも、〈分かち合い〉なのである。

電話相談の基本的な心構えとして、傾聴を重視している。電話をかけてくる人それぞれによって、多少の変動はあるが、だいたい利用者七対相談者三の割合で聴く。聴くに始まり聴くに終わる。黙って聞いてばかりだと、相手は聞いてもらっているのかどうか不安になる。聴いているというサインを短い言葉で送り返したり、あいづちを打ったりする。電話をかけてきた人の鏡になる。相手の言ったことを繰り返したり、言葉を少しだけ角度を変えてなぞってみて、相手が自分の考えや感情を整理しやすいようにする。電話を受けているわたしには、わたしなりの考え方や、生き方があるが、決して自分の考えを強要しない。電話をかけてきた人の自由意志に任せ、自己選択、自己決定、自己責任ができるよう努力してみる。そのためには、やはり傾聴が大事であり、電話利用者はなんでも安心して話すことで、より自分というものを整理することができる。

電話をかけてくる一人一人は皆違う。相手の感情や考えをまずは肯定し、受け入れる。相手の呼吸に合わせる。元気な人と落ち込んでいる人とでは話し方も違う。相手の気持ちを傷つけないよう、柔らかく穏やかな対応をする。相談者の考えを押し付けない。批判や決めつけをしない。いくつかの選択肢や情報は提供するが、あくまでも決めるのは本人自身である。分かったふりをしないで、もう一度確認したり、分からないことは分からないと正直に言う。必要に応じて他の機関を紹介したりすることもある。相手が黙ったときは、無理に話しかけないで、辛抱強く待つ。守秘義務があり、その場で聴いたことはその場に置いて帰る。

また、相談者自身を守るために、次のようなことに注意している。自宅の住所・電話番号、携帯番号は教えない。プライベートなことは、話したくなければ話さない。過度の要求は断る。体調管理に気をつけ、しんどいときは無理をしないで休む。相手に巻き込まれすぎない。相談内容をいつまでも引きずらないで、気分転換をはかる、などである。

39 結婚について

電話相談でも、失敗するときがある。火曜日の『分かち合い電話』のとき、不用意な発言をしてしまった。電話相談はルールとして三十分以内としているが、世間話もはずんで、二十五分頃になったときであったろうか。統合失調症を娘にもつ母親からの電話であった。娘の対応に追われて、日ごろは神経を擦り減らしているので、統合失調症に関しての色々な情報を聞くだけでなく、他愛もない世間話をすることで、こころのうっぷんを発散させようとしている、常連さんからの電話であった。

その日も天候の話、わたしが今晩に作るおかずの話、大相撲の話などを、笑い声をまじえながら話をしていた。話題がわたしの結婚の話に移った。「奥さん、立派ですね。あなたをよほど愛しているんでしょうね」と、言われた。そのとき、不用意にも「わたしの場合は、結婚したあとで発病したので、何とか今もやっていけています。でも、発病してしまって、それからの結婚は難しいですね」と言ってしまったのである。もちろんわたしは、そのあとのフォローの言葉も考えてはいたのだが、「あ、ちょっと」と言って、電話は一方的に切られてしまった。病気になれば、厳しい現実があることは事実なのだが、病気をもつ娘さんの親御さんにとってみれば、聞きたくない話だったかも知れない。電話応対に対するわたしの気配りが足りなかったのである。余計なひとことを言ってしまった。その夜は悶々として、眠りにつくのが遅くなった。幸いに、翌日の『ほっとほっと』に電話がかかってきた。「昨日は不用意な発言をしてすみませんでした」「なんのこと?」「結婚の話です」「気にしてないわよ」と言ってくれた。それで、いつものように話が弾んでいった。不幸中の幸いに終わったが、これからは言葉の端々に気をつけなければと思った。事実だからといって、事実をそのまま述べるるのが正しいとは限らないのだ。厳しい現実、それがあることを知っていても、それを受け入れられるようになるには、時間や新たな経験が必要なのだ。

すでに結婚していて、子供までいるというケースでも、統合失調症や躁うつ病になってしまい、離婚してしまった人は多くいる。奥さんが専業主婦で、男性だけが働いていたのに、男性が病気になってしまったというケースが、いちばん離婚率が高い。収入が途絶えてしまうので、生活そのものが成り立たなくなってしまうからだ。家事のできなくなった女性も、男性の病気に対する理解のなさで、離婚されてしまうケースもある。だから、すでに発病していて、それからの結婚となると、かなり困難なのが現実である。

わたしの娘はいまだに独身である。娘に言ってみたことがある。「作業所にきている人で、いい人がいるから、結婚してみないか」と聞くと、嫌だと断られた。「好きになってしまった人が、病気になってしまうのは仕方ないけど、最初から苦労すると分かっている結婚はしたくない」と言う。「お父さんの病気の大変さや、お母さんの苦労を見てきたので、ふつうの人を選びたい」と言う。それもそのとおりだなと思う。差別うんぬんという前に、現実の生活があるのである。現実の生活は、収入がなくては成り立たない。

しかし、心の病をもった人で、結婚している人もいる。わたしの周辺だけでも十数組はいるだろう。生活保護者同士の結婚が、一番スムーズにいくようだ。精神障害者の働ける場所が少ない。働けたとしても、ふつうの人の収入を得るまでは働けない。病気そのものと、薬の副作用のせいで、疲れやすいのだ。セーフティネットとして、生活保護に頼ることも必要なのだが、それを嫌がる親がまだまだいる。親に決められる人生ではない。結婚するとかしないとかは、本人同士が決めることである。病気をもったもの同士、お互いに分かり合えるものがある。つつましい生活だが、いたわりあって生きていける。仲良く歩いている二人を見かけることがあるが、ほっとさせられるものがある。何人もの子供を育てているカップルもいる。男として生まれて、女として生まれて、結婚したいという願望をもつ人は多いだろう。難しいけれど、希望はある。それを摘み取らないような、社会の在り方が必要だろう。

40 泉北ハウス

堺市の泉北ニュータウン地域に『泉北ハウス』ができたのは、今から十五年前である。一九九六年十二月に仮オープンし、一九九七年四月に正式開所した。八十万人口の堺市でできた、六番目の精神障害者の作業所である。『精神障害者のノーマライゼイションをすすめる堺市民の会』、略称『ソーシャルハウスさかい』の力、特に家族会の力で設立にこぎつけた。当時のわたしは三原台に住んでいて、歩いて二十分ほどだったこともあって、最初から参加している。五十一歳であった。

施設長のNさんのポリシーもあって、作業をしないで、クラブ活動やミーティングを中心に、日中を過ごした。今の地域活動支援センターのようなものに近かった。そのころの作業所というと、ほとんどが何らかの作業をしていて、まったく作業をしない作業所というのは当時は全国でも珍しく、他の施設からの見学者も多かった。ミーティングも一日に二回、その他にもテーマを決めてのテーマミーティングがあった。仕事をするよりも仲間作りや憩いを中心にして、作業をする場所ではなく、日中を安心して過ごせる居場所として機能していた。したいことをするという自発性を尊重していた。

社会的就労という名目で、最低賃金が保障されるわけではなく、安い賃金で働くことを強要されることは、当時のわたしにとっては屈辱以外の何物でもなかった。作業をしない『泉北ハウス』は、わたしの自尊心が崩壊するのを救ってくれる居場所であった。三十五歳で統合失調症になったが、入院をしなかったので、自分が病気だという認識をもてていなかった。巨大な秘密結社という敵が、秘密兵器を使って、わたしを攻撃していると思い込んでいた。『泉北ハウス』へ通い、病気の仲間と触れ合い、話を聞くことで初めて病識がもて、病気を許容し、病状をコントロールできるようになった。わたしは、仲間によって病識をもつことができ、仲間によって、病気だと知ってしまったときの落ち込みからも救われた。

国の施策も変わり、『泉北ハウス』も変わった。無認可作業所から、社会福祉法人への移行などを経て、小規模授産施設へ、さらに二〇一一年の七月からは、就労継続支援B型になった。地域活動支援センターⅡ型だと、補助金が少ないので、堺市の作業所は軒並みに、就労継続支援B型に変わっている。補助金が少なくなると、運営が経済的に苦しくなるから、B型に移行せざるを得ない。作業よりも仲間との触れ合いのほうを大切にしてきた『泉北ハウス』も、〈作業〉を取り入れざるを得なくなった。好き好んでしたことではないが、精神障害者の日中の居場所を存続させること、そのためには就労継続支援B型という選択は、やむを得ない苦肉の策でもあった。それまでに培ってきたのびやかさは減退し、スタッフの事務量も大幅に増えてしまった。

その『泉北ハウス』が移転した。高い家賃が負担なので、大家さんと交渉したがうまくいかないでいたところ、高倉台センターの一角に、安くて広い物件が見つかった。二〇一一年十一月一日に、喫茶『こんぺいとう』をオープンした。一階が喫茶店。二階に内職や自主製品作りなどができる仕事部屋、事務室と憩い用の部屋がある。開店当日は餅つきをして、来所した人たちにふるまったりしたので、地域の人や関係者など、三百人ほどが集まる大盛況であった。本格ドリップコーヒーが二百五十円などと割安に設定しており、モーニングやランチもあり評判を呼んでいる。地域に開かれた作業所、地域の人たちとの交流がはかれる場所としても機能している。

わたし自身は仕事をしないで、二階の畳部屋でごろんと横になって本を読んだり、仲間とだべったりしている。水曜日だけ二時(実際は一時四十分)から四時まで、事務室を借りて、『ほっとほっと』の電話相談をしている。猫も杓子も就労継続支援B型になって、就労が中心になってしまっている。時給六十円や八十円で、目まぐるしく作業している作業所が増えている。特に新しくできた作業所でその傾向が強い。『泉北ハウス』は、そのようであってはならない。憩いや、仲間とのコミュニケーションを大切にする、良き伝統を守りたい。また、喫茶店であることで、地域の人たちとの交流が深まればと願っている。ひとつひとつの積み重ねで、地域の人たちの理解も得られていくのだ。

41 精神科病院

全五回の研修を受けて、二〇〇八年より療養環境サポーターの活動をしている。精神科病院を訪問し、設備が適切か、人権が守られているかなどを調査し、改善すべき点があれば病院側に改善を求めるという仕事である。三年周期で、大阪の精神科病院を一巡している。わたしは都合もあって、行かれない日もあるので、年に二回ペースで参加している。今年の一月で、九つの病院を訪問した。

総じて、病院もハード面ではきれいな病院が増えつつある。空調設備も適切で、壁や廊下もきれいで、トイレ周辺からも異臭は漂ってこない。公衆電話もプライベートが守られるように仕切られていたり、ベッドとベッドの間のカーテンの仕切りもある。患者を縛っておく拘束帯も見かけない。聞き取り調査などでも、食事はおいしい、看護師さんは優しい、などの答えが返ってくる。

そうかと思うと、経済的な理由なのか、経営方針なのか分からないが、きれいとは言えない病院もある。廊下や病室の壁がはがれている。分煙が完全にはなされていず、病室にまでタバコの匂いがする。トイレの小用の下にはタオルがしかれ、トイレ内だけでなく、病院全体に異臭がしている。仕切りのカーテンもなく、公衆電話は詰め所前であったりして、プライバシーへの配慮がまったくない。建て増し、建て増しで通路が複雑になりすぎていて、いざ火事になったとき、避難が危ぶまれるような病院もある。

こうしたハード面での悪さは、改善しようと思えば改善しやすいものだろう。病院そのものは、ますます住みごこちよいものに変わっていくだろう。むしろ問題はソフト面、日本の精神科病院の体質そのものにある。ほとんどの病院で、十年二十年と長期入院している人の多さが目立つ。聞き取り調査をしていても、病状的には落ち着いているのが分かる。にもかかわらず、いつまでたっても退院の許可がおりず、本人も諦めている。

長い入院生活で、できていたこともできなくなっている。なにもかも、病院側に決められた生活を送っているので、自分の意志で何かをしようとする気力も、大きく減退させられている。カギを閉められた病棟のなかに終日いるので、自由に外出もできず、そのため体力も極端に衰えさせられている。

病気の急性期においては、入院が必要なこともある。だが、急性期を過ぎ、適切な指導や病気の説明、本人の病状や体質に合った服薬などをしていれば、ほとんどの人は落ち着いてくるのだ。苦労はするだろうが、地域でじゅうぶんに生活できるのである。たとえ幻聴や妄想が残っていたとしても、病院の外で暮らせるのである。精神病者は決して、危険な存在ではない。ある程度、病状が落ち着けば、幻聴や妄想があったとしても、していいこと、して悪いことの判断ぐらいはできるのだ。社会のなかで暮らしていくから、社会のなかで暮らしていける力も身についてくるのだ。社会のなかで生きていく力を奪われ、長期入院させられ、六十代や七十代になって、いまさら退院は難しい。せめて四十代に退院させておくべきなのである。何年も、ましてや何十年も入院させているということは、その精神科病院では精神病を治せる力がないと認めるべきなのである。そして、治せる力がないというのであれば、退院させるべきなのである。

また、病状を安定させるためではなく、患者をおとなしくしておくために、薬を大量に処方している病院もある。確かにおとなしいのだが、元気がなく、歩き方もぎこちない。聞き取り調査をするとロレツが回っていないので、大量服薬がなされていることがそれとなく分かる。病室はきれいだが、退院に向けての薬の減量などはなされていない。退院に向けてのプログラムも、はっきりとはされていない。金銭の自己管理や、体力作りなど、病院側はもっと積極的になるべきである。病気についてや、服薬について説明すべきである。何よりも患者同士が体験を分かち合いやすい場を設定すべきである。地域での施設や福祉に関する情報を提供して、地域で暮らしていくことに希望を抱かせるべきである。地域にいる当事者との触れ合いも図るべきである。病院をもっと開放的にし、地域との風通しをよくすべきである。退院して地域でどのように暮らすか、入院中から知っておくほうがよい。

42 続・『出前はぁと』

精神病の当事者が、講師となって各地で講演をする『出前はぁと』は、NPO法人『ソーシャルハウスさかい』の一事業部門として発足した。スタッフのNさんの発案で、二〇〇三年七月から、当事者三名とスタッフで準備会を立ち上げ、理念やルールについて決めてきた。当初はNさんのツテでボランティア講座、堺市職員研修、桃山学院大学、大阪府立大学、大阪市立大学、民生委員、老人大学と派遣数も少なかったが、今では年間二十数件の依頼があり、わたしもそのうちの十回前後の参加をしている。ホームページを作っているので、それを見ての依頼も多い。行き先も愛媛県・富山県・岐阜県・岡山県・兵庫県・静岡県・熊本県・奈良県・三重県など多岐にわたっており、大阪府内では堺市・吹田市・岸和田市・熊取町・高石市・寝屋川市・四條畷市・東大阪市などに行っている。また将来精神病の分野で働く人のために、大学や福祉専門学校、病院職員や市職員や民生委員のところにも講演に行っている。

当事者講師陣も、現在（二〇一一年）は八人体制。あと二、三名増やせないかと考えている。八人の主たる症状は、統合失調症四名、躁うつ病一名、アルコール依存症一名、神経症一名、発達障害一名である。「こころの病をとりそろえた充実した講師陣」というキャッチフレーズのもとに、多彩な体験者を取り揃えている。行政からの補助金はなく、完全な独立採算性で事業を運営している。いただいた講師料は、講師が全額もらうのではなく、決められた金額と交通費のほかは、すべて『出前はぁと』に納入している。その金でパソコンを買ったり、パンフレットや名刺を作ったり、年に二回の懇親会費用に当てている。

毎月の第四金曜日、二時から世話人会を開いている。スタッフも参加するが、司会も会計も当事者がしている。講師派遣という目的のもとに集まった当事者会。当事者の自主活動にもなっている。すんだ講演の反省やよかった点、これからの講演の参加者予定などを決めていく。近況報告や、精神病を取り巻く状況などについても話をする。三人から始まった当事者講師派遣事業『出前はぁと』。公募をしたこともあったが、一人以外はなかなか、この人ならという人が見つからなかった。一本釣りでいくことにした。当事者なら誰でもというわけにはいかない。原則として本名を名乗って講演する。顔も病名もさらす。お金が入るからという理由だけでは困る。啓発に対して熱意をもっている。病状が落ち着いていて、自分の病気が整理できている。客観的に広い視野で見られる視点がある。そうしたことなどが、講師の資質として問われる。

講演依頼の要望も多面化してきた。昔は病気の体験談だけでよかったが、最近はＰＳＷ（精神保健福祉士）など援助者に望むこと、してほしいことしてほしくないことを聞かれるようになった。ピアによる電話相談の仕方や、ピアによる退院促進の支援員の仕方を求められる。社会的偏見についてや、日常の病気との付き合い方、病気の回復過程なども求められる。当事者活動・講演活動など、どのようにしているかの話も求められる。日本の精神医療の在り方、行政に対して望むことなどについても話をする。一人の持ち時間は短くて二十分、普通は四十分ぐらいだが、大学では一時間以上を二回に分けてしたこともある。

当事者講師派遣事業『出前はぁと』は、精神病に対する偏見・無理解を少しでも無くしていける、やり甲斐のある仕事である。精神障害者のしんどさだけでなく、夢や希望、どのような社会であってほしいかについて訴えることができる。語ることで、自分がより整理されていき、問題に直面するごとに視野も広がっていく。病気ではあるけれど、世間で言われているように、決して怖い存在でもなく、おかしな存在でもなく、普通の人間であることを、名前も顔も病名もさらして見てもらう。講演に向けて体調を整えておく術を学べる。精神病というマイナスの体験があったからこそ、人間としての幅も広くなったというプラス要素がある。仲間を増やしていけるのも楽しみだ。地方でも体験談を話す人が増えてきた。電話相談についての講演をした寝屋川でも、電話相談が始まり、岐阜でも当事者の退院促進支援員が誕生することになった。多くの人が活動する種を蒔けたと思える。

43 堺から創るピアの時代

二〇一一年三月三日、地域サポートセンター『む～ぶ』の二階で、当事者講師派遣事業『出前はぁと』の主催で、「堺から創るピアの時代・第七弾」なる催しが開かれた。今回のテーマは「わたしはこうして元気になった」で、当日出席した、二十数名の参加者全員に語ってもらった。話題提供者として、わたしも語ったのだが、決められた時間が少なくて多くを語ることができなかった。未消化のまま残っていたので、今回エッセイでまとめてみることにした。

わたしが統合失調症と診断されたのは一九八一年の四月。三十五歳のときであった。幻聴や妄想が激しく、知らない人から見れば異常と思える行動や発言をした。わたしは精神病という病気などではなく、何か人間の肉体・思考・感情を自由に操ることのできる秘密兵器があり、秘密結社があると妄想していた。世界的な秘密事項を新聞社に投稿するために、夜も寝ないで原稿を書いて、会社のコピー機を使用して、わたしの病気が発覚することになった。

妻に連れられて精神科病院に行き、精神分裂病（統合失調症）と診断されるが、妻は入院に反対した。自宅療養を重ねながら、十年間会社勤めをした。目が覚めてから眠りにつくまで、ありもしない声や音、気配などが迫り、疲労困憊と緊張の連続だったが、内面では元気そのものであった。なぜなら、ありもしない敵と戦っていた毎日であったからである。秘密結社と戦い、人類を救うのだという使命感に燃えていた。

四十五歳から仕事ができない状態になり、妻の勧めで家事をするようになった。病状は盛んであるが、まだわたしは「敵」と戦っていた。転機は五十一歳で訪れる。『泉北ハウス』という作業所ができ、そこで初めて同じような病気の人の話を聞くことができた。仲間の話を聞いて、わたしもまた妄想を抱いていた、病気であったことを理解した。それまでのわたしは、特別な存在だと思っていた。秘密兵器によって、みんなも操られている。わたしだけが、そのことに気づいてしまった。だからわたしは、朝から晩まで、多くの人から攻撃されていると思い込んでいた。しかし、周囲の仲間を見ると、その人たちは、何も特別な存在ではない。幻聴や妄想の内容は違うが、わたしの体験と似ていると感じた。「人の振り見て、我が振り直せ」ということわざがあるが、仲間の話を聞いて、この人たちは妄想を抱いていたんだと、思えた。わたしも病気だったんだ。病気だから、幻聴が聞こえ、妄想を抱いてしまったんだと思えた。わたしは、仲間によって、初めて病識をもつことができた。医者の言うことも聞くようになり、薬もきちんと飲むようになった。睡眠や休養が大切なことも学ぶことができた。妄想上の敵と戦う、病気がゆえの空元気から、等身大の病者になった。

自分もまた病気であったと認めたとき、病者としての負の部分を強く感じてしまった。できない自分、助けてもらわなければならない自分に、眼が向いてしまって、元気がなくなった。落ち込んでしまった。こんな自分が生きていていいのだろうかと思った。声にこそ出しては言わないが、「生きていていいよ」という、暗黙のメッセージを仲間から送られた。仲間の力によって、生きてこれた。さらに六年ほどの休養期間を必要としたが、そうしているうちに、何かやりたいという思いが沸いてくるようになった。

できないことも多いけれど、できることもある。統合失調症というマイナスの体験を、プラスに変えていくこともできると気づいた。良きスタッフにも恵まれて、ヘルパー二級の資格を取り、精神病の人たちへの居宅ヘルパーをするようになった。病気を生かした仕事や、ボランティアをするようになった。当事者講師をするようになり、電話相談をするようになった。長期に入院している人の退院を支援するようになった。精神科病院を訪問し、改善点を提言するようにもなった。金にもならないボランティアみたいなことばかりしてと、妻は小言を言ったりするが、これらをすることが、わたしの元気の源になっている。やりがいがあり、生きていてよかったと思える。愛されるより、愛するほうが元気が出る。してもらうだけでなく、自分もまた、何か貢献できるほうが元気が出る。

44 病名の公表

わたし自身は、当事者講師派遣事業『出前はぁと』で、本名も顔もさらして何十人、時には百人を越す人の前で、自分が統合失調症であるという話をする。それは話を聞く人たちが、精神病について真面目に知りたいと思っている人が多く、また病気についての話をする時間も、三十分とか五十分とか、じゅうぶんに与えられているからである。知らない人から見れば単に異常としか映らない言動が何故になされたのか、当事者の生の声を聞いてもらうことで、病気への理解を少しでも深められると確信するからだ。そして、完全には治らないにしても、病気をコントロールする術を覚え、回復可能であることも知ってもらいたいからだ。

名前も顔も病名もさらして、精神病の話をすることは、人身御供のようなものである。世間の偏見や無理解がなくなり、適切な見守りや援助がなされるような世の中になっているならば、わざわざわたしが講演に行く必要もない。まだまだそうではない世の中だから、誤解されたり、無視される危険性を冒してまで、人前で病気の話をし、こうしたエッセイも書き続けねばならないのだ。見るだけで分かる障害と違って、精神の障害は分かりづらい。こころが、精神がおかしい、だから怖いと思われたりする。あるいは可哀想だなどと思われたりする。

自分の精神病を隠しておこうとする人は圧倒的に多い。おそらく七、八割の人は、自分の親戚にさえ、病気のことを知らさないでいるだろう。秘密にしておくこと、それもまた正解で、偏見に満ちた世の中を生きていく処世術である。だから、特に親は、息子や娘を家に置きたがらない。いい若い者が、昼ひなかに家でぶらぶらしていると、近所の人からどうしたのであろうと、変に思われるという理由からである。何も好き好んで家にいるわけではなく、ちゃんとした理由があるのだが、そこのところを理解してもらえない。理解してもらうには、多くの労力と時間が必要なのだ。うまく病気のことを説明できる人ばかりでもない。そこで、ますます病気のことを隠しておくようになる。隠すことによって、何ら解決は得られないにもかかわらずにである。

では隠さないで、誰彼なしに、自分の病名を公表すればいいのかというと、そうでもない。へたに病名だけを言うと、誤解され、怖がられたり、気味悪く思われたりする。統合失調症のAさん、うつ病のBさん、躁うつ病のCさん、発達障害のDさん、てんかんのEさんなどというように、病名だけが一人歩きしてしまう危険性がある。Aさんその人、Bさんその人、CさんDさんEさんという、人そのものを見ないで、○○病の××さんというように、病名で人格決定までしようとする人が現れる。きちんと勉強もしないで、なまじっかな精神医学をかじった人に、この傾向はむしろ強く見られる。病名だけで、人間性まで判断してしまうのだ。

病名は、その人がもっている障害を表すもので、人格を表すものではない。精神病と言われているが、そして確かに肉体的な病気ではないが、スピリットとか、魂と言われるような精神が病んでいるわけでもない。ふつうの人と同じように、喜びもし、悲しみもし、怒りもする。これまでの人生のなかで培ってきた、その人ならではのものが、その人そのものとして存在する。

だから、同じ統合失調症といっても、その現れ方は、人それぞれによって違う。その人にはその人なりの、これまで生きてきた人生、これからの人生がある。間違ってはならないのは、精神病はその人の病気という障害の部分であって、その人のすべてではないということである。その人の全体像を見ようとしないで、○○病の××さんと言うように、病名を知ったことによって、その人そのもの、ましてや人格まで理解したと思い込むのは危険以外の何物でもない。精神病者も、障害部分を除けばふつうの人で怖い存在ではない。精神病者と言われてはいない人、コストが安くなるからとか、外国に輸出して金儲けができるからとか、そんな理由をつけて、原発を継続しようとする人のほうがよほど怖い。症状の現れ方が違い、処方する薬も違ってくるので、病名を特定することは必要である。忘れてならないのは、病名がつけられていようと、その前に、ひとりの人間であることだ。

45 菅野治子さんの講演

堺市で社会福祉法人朋志美会の理事長をしている、菅野治子さんの「誰もが元気で暮らすことを目指して、そのための具体的な支援を考える」という講演を聞いた。精神病の当事者のひとりとして賛同できることが多かったので、まずそのレジメを引用させていただく。

「①ひとりひとりを大切にすること（徹底した個別的対応）②とりあえずありのままを受け入れること ③指導するのではなく、共に生活する支え手になること ④その人を変えようとするのではなく、その人のいい部分（得意なこと）が発揮できるように生活環境を整えること ⑤その人のやりたいことを最優先すること ⑥極力常識を当てはめず、生き方や価値観を押しつけないこと ⑦過去の問題行動にとらわれず、必ず成長することを信じて関わること ⑧生活に関して意見は言っても、極力答えを出さないこと ⑨立場の違いはあっても、できるだけ対等な関係を保つこと ⑩情報を共有すること ⑪本人のこだわりやプライドを大切にして関わること ⑫約束事（規則）をできるだけ作らないこと ⑬裁かないこと ⑭悩み、迷いながら関わること ⑮関わる自分が生き生きと生きていること（自分も楽しいこと）⑯自分の肩幅で関わり、無理をしないこと」

菅野さんの話は支援者の立場からであるが、その骨子はあるがままの個人の徹底した尊重である。病院は病気を治すところ、退院すれば、普通の人の街の暮らしと同じ状態で暮らすことをモットーとしている。元気になるとは、人に迷惑がかからないかぎり、自分が主体的に生きることという考えである。だから約束事（規則）はできるだけ作らない。世間一般の、常識や生き方や価値観を押し付けないで、その人が生きたいように生きてもらう。働くことに重点を置きすぎた、自立支援法の考え方とは違う。働きたい気持ちのある人が、働くことを否定するものではないが、何よりも、その人がやりたいことを、最優先するという考えである。だから菅野さんの考え方は、地域社会でこそ発揮される。本人の自由が大きく制約される精神科病院では、入院患者が自主的に生きるという生き方は保証されない。病院のＣＷ（ケースワーカー・社会福祉士）としての発言ではなく、地域で施設を営む人としての発言である。

人間は自分が人間として認められ、肯定されたとき、自信を取り戻す。精神障害者の場合、他人から否定されるだけでなく、自分で自分をも否定しやすい。否定は自信を失くさせ、やる気を奪ってしまう。ときには、自殺まで考えさせてしまう。「あなたはあなたのままでいいんだよ」と、肯定される環境が必要なのである。肯定され、自信を取り戻すことによって、やる気も沸いてくる。自分は何をしたいのかも見えてくる。できないことも多いなかで、自分にできることも見えてくる。そして、自分にできることが、自分もまたしたいことであるなら、ラッキーだ。自分がしたいことができるとき、人は生き生きとしてくる。そのような日がくるのは、早いかも知れないし、遅いかもしれない。だが、いつかきっとくる。人間は必ず成長するという信念が、管野さんにはある。だから、長い眼で見守っていくことができる。

押し付けられたり、否定されたりするなかでは、人間は生き生きと生きられない。わたしは断酒会にも入って、長年酒をやめ続けているが、酒を飲むなと押し付けられて断酒できるものではない。酒を飲まないでおこうと、自分で思うからこそ、断酒が継続できるのである。管野さんは、ともすれば指導的になりやすい支援者の立場を、自ら戒めている。人を変えようとするのではなく、その人のいい部分が発揮できるよう、むしろ生活環境のほうを整えようと努力している。

裁けるのは司法だけであるという考えのもとに人を裁こうとはしない。問題行動を起こしたとしても、それにとらわれず、本人が自ら自覚し、必ず成長する日がくることを信じて、気長にかかわろうと努力している。管野さんが経営している『しののめハウス』では、賭けマージャンも、金の貸し借りも、夕食時での晩酌もＯＫだ。支援者は困らなくても、メンバーがトラブルを避けて、作業所を敬遠することもある。それでも管野さんは、生きたいように生きるを優先させる。驚くべきことは、施設の一部を自宅にしていることだ。管野さんだからできることで、その肩幅は広い。

46 身辺整理

二〇一二年も年末が近づいた。わたし自身の整理のために、最近の活動や暮らしぶりについて、書いておこうと思う。一言で言えば、かなりヒマになった。多いときで週に五回行っていたヘルパーが、週に一回だけになったからである。精神病の人たちの居宅を訪問し、実働二時間のヘルパーをするのだが、利用者宅への行き帰りには、二時間の移動時間を必要とする。つまり、一件につき四時間が、仕事のために費やされていたが、五件が一件になったので、週に十六時間がヒマになったのである。わたしも六十七歳。少しゆっくりしなさいという、ヘルパーステーションの計らいだろうと解釈している。お陰で読書量が増えた。週に一冊ペースで、本が読めるようになった。それまでは仕事だけで精一杯で、疲れてしまって本を読むゆとりがもてなかった。行きたいと思いながらも、これまであまり行けなかった、精神病の人たちの作業所『泉北ハウス』にも、週に三回前後は通えるようになった。療養環境サポーターとして、精神科病院を訪問できる回数も増えた。

作業所では、作業はしていない。昼食をみんなと一緒に食べて、あとはゴロリと横になって本を読んでいるか、だべっているだけである。しかし、わたしにとって、こころの病をもつ人たちとのふれあいは、薬以上の効果がある。妻をはじめとして、病気でない人にはなかなか理解してもらえなくて、ともすれば孤立感を深めてしまうが、仲間といると、しんどいのは自分だけではないということを教えてくれる。焦らずに、ゆっくりと、できることから始めていけばいいと、教えてくれる。いちいち口に出して言わなくても、分かり合えるという安心感がある。シフトに入っての作業はないが、水曜日は事務室の電話を利用して、二時から四時、『ほっとほっと』の電話相談をしている。実質はボランティアだが、一応、堺市の市長から委嘱された形で、精神障害者相談員をしている。

ちなみに、わたしの一週間のスケジュールは、月曜の夜は断酒会。祝日や振替休日だと火曜日になることもある。事務局員をしているので、早めに出て、出席印を押している。また、火曜日は『ぼちぼちクラブ』の電話相談。水曜日は『泉北ハウス』での電話相談。木曜日はヘルパー。第四金曜日のみ当事者講師派遣事業『出前はぁと』の世話人会。第一日曜日はヘルパー会議。そのほかは基本的にヒマである。あとは、ときたま土日のイベントに参加したり、講師依頼やインタビューを引き受けたり、療養環境サポーターとして精神科病院を訪問するくらいである。今年の三月から、退院促進の支援員もやめたので、ますますヒマになっている。以上が活動面でのわたしの近況である。

私的生活の面で言うと、十月二日に右目、九日に左目の白内障手術を受けた。今はメガネなしで本も読めるし、映画の字幕も見えるようになった。慣れないうちは見えることで逆にストレスを感じたが、時間の経過が解決してくれた。

わたしの日常生活は大体次のようなものである。夕食は七時。七時半には食べ終える。その後、八時までテレビを見ていることが多い。ただし、断酒会がある日は九時過ぎの夕食。四週ごとの火曜日はクリニックへ行くので八時過ぎになる。テレビはあまり見ない。ベッドに寝転がって、眼をつむってCDを聞いてうとうとすることが多い。明け方までに三、四回眼を覚ます。はっきりとした幻聴ではないが、ムニャムニャと声が聞こえそうなので、CDをかけ直してまた眠る。睡眠は浅いが、十時間以上ベッドにいるので、何とかやっていける。朝の起床時間は日によって、季節によってまちまちである。

昼間は家にいるとだらだらとなりやすいので、なるべく外に出るようにしている。夕食作りは基本的には六時から、約一時間かけてする。帰りが遅くなるような日は、事前に夕食を作ってから出掛ける。土曜の昼は娘と喫茶店に行くことが多い。翌日に予定のないときは、夜に娘と映画を観ることもある。酒は断酒継続が定着し、飲まなくても平気でいられるようになった。日常生活で気をつけなければならないのは、統合失調症と糖尿病のコントロールだけである。どちらも完治する病気ではないが、なんとか今は平穏な日々を送っている。

47 認知症病棟で

ボランティアで、大阪精神医療人権センターの療養環境サポーターをしている。昔はオンブズマンと呼ばれていた。大阪府下の精神科病院を訪問し、療養環境が整っているかなど病院内を見て回るだけでなく、入院患者からも聞き取り調査をする。二〇〇七年に全五回の研修を受け、二〇一三年一月現在で、わたしは十三の病院を訪問している。

昔と比べて精神科病院もきれいになってきているとはいえ、まだまだ病院によって格差がある。カーテンによる仕切りや、カギのついたロッカーのない病院。ベッドに患者をくくりつけておく拘束帯をそのまま放置している病院。トイレが臭すぎ、トイレットペーパーも設置していない病院。病棟内が迷路のように入り組んでいる病院。電話機がナースステーションの前にあって、プライバシーの保てない病院。クーラーや暖房設備がほとんど効いていない病院。そんな病院は、患者をおとなしくさせるため薬を多用しているのか、患者の動きは鈍く、ロレツも回らず、表情にも元気がない。長期入院患者が多く、解放病棟が少なく閉鎖病棟が多い。患者の治療よりも、隔離しておけばいいという意図が、見え見えの気がする。

一方、空調設備もよく、壁もきれいで、病棟内がまったく異臭のない病院もある。トイレも清潔で、ジェットタオルまで設備されている。壁の色、木彫の手摺り、中庭、飾ってある絵や花など、どれをとっても、心を癒し落ち着かせる工夫をしている病院まである。驚いたことに、隔離室にテレビまで設置していた病院もあった。もちろん、トイレも外からは見えないところに設置されている。

今年も、一月中旬に某精神科病院を訪問した。設備いわゆるハード面では申し分のない病院であった。すべての病棟を見てまわるには時間がない。二班に別れて、わたしたちは急性期病棟と認知症病棟を見てまわり、聞き取り調査をした。ところがそのとき、認知症病棟で思わぬ発言を聞いてしまった。八十代の女性からであった。

「ここが精神科病棟とは知らなかった。精神科なんか、気違いか頭のおかしい人が入るところや。うちは物忘れはあるが、精神科の人のように、頭がおかしいことはない。それで分かった。職員もうちを気違い扱いにして、馬鹿にした対応をする。風呂から出るのが遅いといって怒るし、ご飯を食べるのが遅いと、まだ残っていても持っていかれる。うちは精神病と思われてんのや」と、その後も職員への不満は続く。

この八十代の女性の頭のなかには、〈精神科病院に入院する人、イコール、気違いか頭のおかしい人〉という図式ができあがっている。認知症の症状がそのように言わせているのではなく、これまでの彼女の人生体験が、そのように言わせているのだ。この女性にかぎったことではなく、精神科病院に入院する人は、頭がおかしいと思う世間の風評があり、そういう考え方のなかで、これまでの人生を過ごしてきてしまった歴史があるからだ。

統合失調症にしろその他の精神病にしろ、気違いでも頭がおかしいわけでもない。奇妙な言動も理由があってのことであり、その理由がきちんと説明されるならば、多くの人に納得や了解は可能なのである。ただ、自分で自分の病気を整理し、自分以外の人に説明できるようになるには、それなりの時間がかかる。そして、適切な治療や仲間作りや、安心して暮らせる生活環境が整えられるなら、回復可能な病気でもある。八十代のこの女性の発言は、知らないがゆえの偏見と無理解である。しかし反論はしなかった。長年培われてきた差別意識を、修正するのは至難の業である。丁寧に説明する時間も許されてはいない。説明したからといって、分かってくれるともかぎらない。ただただ聞くことに徹した。「嫁との仲が悪い。嫁がうちを病院に閉じ込めたんや」と言う。わたしも認知症については、詳しく知らない。正しく知ってもらうこと。啓発の大切さを改めて感じさせる一幕であった。入浴や食事をせかさないこと、ばかにしたような対応をしないこと、これについては、病院側にも、こんな話も出ていましたと伝え、改善していただけるよう要望をした。

48 佐久間篤さんの講演

二〇一三年三月二十三日、『こころの健康講座』で、堺こころの健康センター次長・佐久間篤さんの講演を聞く機会を得た。「保護者制度の現状について」がメインテーマであったが、医療保護入院の制度については、四月に大阪精神障害者連絡会の例会で、五月に大阪精神医療人権センターの総会でも取り上げることになっているので、後日改めて書くことにしたい。それ以外のわたしが関心をもった部分について、今回は佐久間さんのレジメを引用しつつ進めていきたい。援助者側からの視点であるが、当事者にとっても勉強になり、納得できることが多いからである。引用部分は〈 〉で括ることにする。

〈精神の病気は、様々な要因が重なって発病する。そのため病状は個人差が大きく、今のところ治療法が確立していない。病状の安定や再発の予防のために、長期間の治療を必要として、日常生活に一定の制限を受ける人たちを「精神障害者」という〉〈幼児から高齢者まで、年齢も幅広く、病気も「統合失調症」「躁うつ病」から「薬物依存」「発達障害」「認知症」「高次脳機能障害」と様々にある〉〈平成二十五年四月から障害者雇用促進法が改正され、法定雇用率は二％に引き上げと、精神障害者の雇用も義務化となる〉〈精神疾患患者数は三百二十万人、五大疾患の一つに位置付け〉。これらのなかで、一番問題になるのは、いまだに治療法が確立されていないことだろう。

〈精神科と一般科医療との違いは、次のような大きな特徴がある。一つは精神的病状が悪くなればなるほど、患者本人の現実検討能力や判断力などが極端に低下する為、インフォームドコンセントが成立しないことになる。（略）精神科医療には「自己決定」ができない者に、「強制入院治療」が制度として存在している。（略）保護者が患者本人に代わり、指定医と治療契約を結ぶ制度となっている〉。〈精神科治療の根本的問題、症状は改善できるが、医療として完成していない〉。〈近年の新規入院者の入院期間は、短縮傾向にある（約九割が一年以内に退院）。特に、統合失調症の入院患者数が減少している。治療薬の発達、早期の治療導入、訪問看護やヘルパー等の利用、社会資源の増加などが考えられる〉。引用したいレジメはまだまだあるが、この辺で終わることにする。

遅々たる歩みではあるが、精神病とその周辺の状況は少しずつ改善の方向に向かっているようだ。暗いイメージしかなかった精神科病院が、開放化の方向にむかい、明るいイメージに変わろうと努力しているのは、喜ばしいことだ。入院ではなく、通院でも可能なクリニックが、街のいたるところにできてきたのも、それ以上に喜ばしいことだ。

例外もあるだろうが、わたしは基本的には、たとえ統合失調症であっても、入院はしなくてよいと考えている。他害（他人に危害を加えること）や自傷（自殺したりしょうとすること）などがないかぎり、入院までは必要でないと思っている。発病した人の環境が整えられているのなら、精神科病院に入院しなくとも、地域の精神科クリニックへの通院でじゅうぶんだと思っている。佐久間さんも、〈入院治療の要否は、多くがその状態（事例性の高さ）によって決まる〉と言っている。わたしもそのとおりだと思う。入院の是非を決めるに当たっては、病気が重いか軽いかの判断よりも、その人が安心して暮らせる生活環境が整っているかどうかのほうが、問題なのだと思う。病気に対する知識はそれほどなくても、長い眼で見守ってくれる親や配偶者。安心していられる、家庭環境が必要なのだと思う。幻聴や妄想があっても、地域で暮らしていくことができる。劣悪な精神科病院に閉じ込められ、薬づけにされているような入院生活だと、良くなっていくはずの病気も悪くなってしまう。ケースバイケースで一概には決められないだろうが、地域のなかで生きていくから、入院生活より元気でいられる。だれもが安心して暮らせる地域。その人がその人らしい生き方ができる地域。地域の環境を整えることによって、入院しなくともやっていける精神障害者は増えていくだろう。作業所や、地域活動支援センターなど、仲間と触れ合うことのできる場所が必要になる。制度や啓発活動も必要になる。

49 ネット世界

東京都中央区に、ライフサイエンス出版株式会社がある。様々な仕事のひとつとして、『CONSONANCE（コンソナンス）医療従事者のための情報誌　統合失調症治療を考える』という、カラー刷りの季刊誌を発行している。コンソナンスとは音楽用語で、同時に響いて、快く聞こえる二つ以上の音のことらしい。統合失調症の治療をめぐる総合的な情報誌として、医療従事者と患者・家族が「協和音」となり、ともに歩めるような情報提供を目指しているとのことである。製薬会社のバックアップも受けている。二〇一二年の十一月に、ライフサイエンスの平野さんからインタビューの依頼があり、十二月七日に『泉北ハウス』一階の『喫茶こんぺいとう』で、インタビューを受けた。当事者によるホームヘルプが中心で、そのほかに発病時のことや仲間との出会い、医療関係者に望むことなどを、約一時間にわたって話した。平野さんはプロの編集者だと感じさせる、知的な人で、わたしの話は、今年（二〇一三年）の春号に二ページでコンパクトにまとめられていた。

インタビューが終わった後、わたしの話に感動したので、ぜひ動画サイトにも出てほしいと依頼があって承諾した。動画のほうは、同じライフサイエンス出版の毛利さんの担当で、二〇一二年十二月二十八日に東京まで行くことが決まった。当日は乗り物酔いをしたのか、新大阪で買った弁当が悪かったのか、やはり緊張しすぎていたのか、行きの新幹線の車中で下痢をした。幸いトイレの近くの車両だったので事なきを得たが、東京に着いても四回も下痢をした。喫茶店で時間調整をして、約束した場所に着くことができた。かなり不調気味だったが、なんとか頑張れた。毛利さんが質問し、わたしが答え、専属のカメラマンがビデオ撮りし、一時間半ほどで終わった。発病時のこと、仲間との出会い、どのようにして病状をコントロールし、元気になってきたかなどが中心であった。下痢はおさまっていたが、やや疲れぎみで、顔色もよくなかったのではないか。

今年の二月から、わたしの語りはインターネットで流れるようになった。JPOP-VOICEで検索し、わたしの本名である近島勇（チカシマイサム）をクリックすると、動画が流れ、わたしの話が始まるようになっている。『泉北ハウス』のパソコンで見させてもらったが、カットの部分が少なく一時間もの長さになっていた。よくまとめていただいたと、感謝している。下痢にもめげず、頑張ってよかったと思う。

ワープロしかしないわたしには、パソコン世界は知らないことであったが、わたしの本名でインターネット検索をすると、わたしに関してのいろいろな情報が出てくるらしい。大阪精神障害者連絡会や作業所の仲間から、「インターネットで近島さんのが載っていたよ、朝日新聞にも載っていたよ」という声を聞くことがある。知らぬは本人ばかりなりとは、このことをいうのだろうか。

妻や娘はわたしが有名（?）になることに反対であるが、仕方なく黙認しているようである。糖尿病であることを公言しても何のリスクもないが、統合失調症であることや、アルコール依存症であることを公言すると、そこにはリスクも付きまとう。まだまだ精神病に対する、偏見や無理解は根強いからである。変な目で見られたり、敬遠されたりしかねない。さすが詩人の世界では、偏見をもつ人は少ないようであるが、世間の目はまだ冷たいといえる。

しかし、名前をさらし、顔をさらし、病名をさらす当事者も増えてきた。二〇〇三年の七月に当事者講師派遣事業『出前はぁと』を立ち上げた。そのころは、当事者が自らの病名を公表し、体験談などを語ることは、全国でも少なかった。全国をまたにかけてというほどではないが、九州や四国、そのほか多くの他府県まで講演に行った。当事者講師派遣事業『出前はぁと』は、大阪府下だけでなく、かなりの他府県で、当事者が自らの体験などを語るという種を蒔いてきた。今、その種が育ち、地方でも語りができる人が増えてきた。『出前はぁと』への依頼が減ってきた一因は、地方でも体験談などを話す人が増えたからである。喜ばしいことだ。誰もが、病気のことを話せる世の中になりたい。精神病は誰でもがなりうる珍しくない病気なのである。

50 生活保護

日本国憲法第二十五条には、〈①すべて国民は、健康で文化的な最低限度の生活を営む権利を有する。②国は、すべての生活部面について、社会福祉、社会保障及び公衆衛生の向上及び増進に努めなければならない。〉と書かれている。生活保護は何らかの理由で収入のない人、少ない人のために、国が生活を保障する制度である。健康で文化的に生きていくための、最後の防御策として機能してきた。セーフティーネットともいわれている。文化的かどうかまでは疑問が残るにしても、最低限度の生活は国によって、ある程度までは保障されてきたといえよう。

ところが最近になって、この生活保護制度にも異変が起こりつつある。生活保護受給者が増え、その費用が増大したことである。増大した費用を、どのようにして賄うか。例えば、政党助成金を廃止するとか軍事予算を削減するとかはしないで、生活保護費そのものを削減しようとする動きである。とりあえず受給者からは三パーセントの削減をし、ゆくゆくは一割削減にしようとしている。不正受給者の見直しは、当然のこととしても、窓口での書類審査を厳しくしたりして、水際作戦といって、生活保護申請が受理されにくいものにしようとしている。さらには、金銭的な援助ができるかどうか、これまでの親子や兄弟だけでなく、親戚にまで問い合わせがなされようとしている。

確かに生活保護者数は増えた。しかしそれは、働くに働けない今の日本の現状にある。生活保護費を削る理由として、パートで週に五日働いている人の給料のほうが、税金など天引きされると、生活保護費より安かったりするというのがあげられている。また、これまで長年働いてきた年金受給者のほうが、生活保護費より低いということなどが、理由としてあげられている。しかし、それは安い給料でしか働けない日本にこそ問題がある。パート労働者の賃金アップこそを国はするべきであり、生活できるだけの年金を国は支払うべきである。生活保護費を削って、低いパート賃金者や年金受給者に合わせようとするのは、本末転倒ではなかろうか。

自公政権は物価を三パーセント上げて、デフレを解消すると言っている。来年（二〇一四年）の六月には消費税を八パーセントに、再来年には十パーセントにする方針だ。ガス代、電気代、水道代も値上がりし、さらに値上げする予定だ。明らかに生活費が増大することが見込まれるのに、生活保護費を削ろうとするのは、憲法二十五条の精神に反する。セーフティネットである生活保護、生きる権利を奪っておいて、なんの国家ぞ。所得税や消費税はなんのために使われているのか。困っている人たちのために使われないならば、税金を払っている意味もない。

精神障害者は病気そのものによって、また薬の副作用によって、長時間働くことが難しい。働きたいと思っても、実際には働けない人のほうが多い。福祉労働とも言われている作業所での仕事は、時給六十円とか、よくても三百円の世界である。とてもそれでは生活できるだけの収入は得られない。親と同居し、親の経済力で生活している人も多いが、どうしても親に気を使ってしまう。さらに親も高齢化し、親なき後が心配されている。頼みになるのは、生活保護しかないのである。親が死んでしまってからでは遅い。生きているうちに、生活保護への移行がなされていなければ、路頭に迷ってしまう。

またなかには、親との関係がうまくいかず、そのために病状が改善しないばかりか、悪化させるケースもある。親と離れて暮らすほうが、親子双方にとっても良いのだが、本人が一人で暮らすにはやはり生活保護が必要になる。親と別所帯にして、生活保護を受けるならば、つつましい生活ではあるが、地域で生きていくこともできる。それができなかったために、一生を精神科病院で過ごしてしまう〈社会的入院者〉が、全国で七万人もいるのだ。特に精神障害者は不安になりやすく、不安が募れば病状をも悪化させやすい。不安を少なくするには、経済的に安定していることが必要である。生活保護費の縮小では問題解決にはならない。若者たちを中心とする労働賃金をこそ上げるべきなのである。

51 ヘルパー研修

『日本ホームヘルパー協会おおさか』のヘルパー研修で、大阪府立大学地域保健学域准教授・三田優子さんの講演を聞く機会を得た。三田先生とは堺市の当事者部会（精神・身体・知的）の会議で、二年ほどであるが、毎月顔を合わせていた。退院促進支援の支援員として、どのような支援をしているか、三田先生に同行して、岐阜県まで話をしに行ったこともある。わたしの所属しているヘルパーステーション『ふわり』では、毎月ヘルパー研修をしているが、年に三回ほど他と共同してやや大掛かりな研修を行うことがある。三田先生の講演の題目は、「利用者とのコミュニケーションを深めるヒント」であった。一時間半に及ぶ内容で学んだことは多々あるが、特に印象に残ったことを書き留めておくことにする。

ヘルパーはサービス業であることを徹底して学んだ。当たり前すぎるほど当たり前のことだが、福祉業界ではともすれば、してあげている側としてもらっている側という関係になりやすい。利用者のほうが客なのに、ヘルパーに対してしてもらっているという負い目を感じ、そのため上下関係が逆転しやすい。高飛車になれとまでは言わないが、利用者は客であり、それなりの対価を払って（生活保護などで本人は払っていなくても）サービスを利用する側なのである。へりくだれとは言わないが、ヘルパーはサービスを提供する側として、ワンランク上の仕事ができなければならない。そのためには、「コミュニケーション力が基本のき」であると学んだ。

三田先生の講義はまず最初に、「自分自身がサービスを受ける側ならどうなのか」から始まった。いろんなサービス業を、思いつくまま、当日に参加した研修者に言ってもらう。コンビニの店員、ホテルマン、駅員、飲食業の店員、スーパーのレジ係などなどと続々と出てくる。どんな対応のされ方が、嬉しかったか嫌だったかを、数人の人に聞いていく。サービスを提供する側の発想だけでなく、利用する側の気持ちに寄り添うことが、いかに大切か分かってくる。似たような例題として、自分が自動車を運転していて、横に道案内をする人がいたとして、どんな道案内人が嫌かというような質問も研修者にされた。運転するのは利用者、案内人はヘルパーという想定である。利用者の思いがさらに分かった。命令口調で運転を指示する人など、されると嫌なことが次々とあがっていった。

一番印象に残ったことがある。Ａ４の真っ白い用紙を渡されて、そこに「まず、しかくを書いてください」と言う。続いて「その上にまるを三つ書いてください」と言う。「はい、終わりです。書いたものを近くの人と見せあってください」と言われて、互いに書いたものを見せあう。大多数の人は正方形の上方に、円を三つ書いていた。わたしも、そのうちの一人であった。しかしなかには、ひし形や台形を書いている人もいた。確かに、正方形だけが四角ではないのだ。傑作なのは、ヘルパー二級と書いて、その文字の上方に円を三つ書いている人がいた。三田先生が、わざとイントネーションをつけずに「しかく」と発音したからである。また、大多数の人は四角の枠の外に円を三つ書いていたが、なかには四角の枠の内側に、円を三つ書いている人もいた。上にというのを平面的に解釈しないで、立体的に解釈して書いたからである。さらには円をばらばらに三つ書かないで、同心円として三重丸にしている人もいた。用紙の使い方も様々で、Ａ４いっぱいに大きく四角を書いている人もいれば、これからもっと多くのものを書く場合を想定して、左上方に小さく書いている人もいた。どれもが正解であり、自分とは違った書き方もあるのだということを知った。人にはそれぞれの考えがあることを学んだ。

利用者と接する場合、自分と利用者は好みも、考え方も違うのだ、ということを頭にたたき込んでおかなければならない。また複数の利用者でも、利用者ひとりひとりが違うのだということを、知っておかなければならない。自分の好みや考えを、決して利用者に押し付けてはならない。質のよいヘルパーを目指すには、利用者に来てもらってよかったと、思わせるようでありたい。援助する側、援助される側、同じ人間なのだ。

52 障害者虐待防止法

虐待とは、自分の保護下にある者（ヒト、動物等）に対し、長期間にわたって暴力をふるったり、日常的にいやがらせや無視をするなどの行為をすることをいう。二〇〇〇年に『児童虐待防止法』、二〇〇一年に『ＤＶ防止法』、二〇〇五年に『高齢者虐待防止法』ができ、そうした流れのなかで二〇一二年十月から『障害者虐待防止法』が施行された。施行後一年の経過報告と啓発セミナーが、堺市であったので参加させてもらった。当日貰ったパンフレットを引用させていただく。

対象となる障害者とは、身体・知的・精神の三障害者と、その他として、「心身の障害や社会的な障壁によって、日常生活や社会生活が困難で援助が必要な人（難病患者等を含む）となっている。また虐待を、①養護者による　②障害者福祉施設従事者等による　③使用者による障害者虐待と三種類に分けている。虐待の例としては①身体的虐待　②性的虐待　③心理的虐待　④放棄・放任　⑤経済的虐待などがあげられ、それぞれについてさらに詳しく書かれている。身体的虐待については平手打ちにする、殴る、蹴る、つねる、縛り付ける、閉じ込める、不要な薬を飲ませるなどが書かれてある。

画期的なのは虐待を見つけたら市区町村の担当窓口に通報すること（ただし、通報しなくても罰則規定はない）、通報を受けた担当者は事実確認をし、対処することを義務づけたことである。そして定期的な訪問や調査で、虐待の再発を未然に防ぐと明記されている。障害者への支援だけでなく、養護者への支援も行うと書かれている。この法律ができたことにより、通報する人も増え、調査に入ることによって、一定の成果をおさめてきたらしい。とくに、身体や知的の分野では、効果が現れているようである。

しかし啓発セミナーに参加して、不満に思うことも多々あった。三障害統一と言われて久しいが、相変わらず精神障害者、特に精神科病院における患者は、『障害者虐待防止法』からも、カヤの外に置かれているという気がする。そもそも、『障害者虐待防止法』は、病院と学校には適用されないことになっている。第一部の基調講演でも、第二部のパネルディスカッションでも、知的や身体については語られたが、精神についてはほとんど語られることもなかった。では、精神障害者への虐待の事例はないのかというと、そんなことは決してない。精神科病院の大半はまだ旧態のままで、治療という名目での虐待としか思えないようなことが、今もなお行われているのである。

精神科病院の場合、どこまでが治療で、どこからが虐待になるのか、その線引きは難しいところがある。精神科は内科や外科と比べて、医師や看護師などの数が少なくてよいことになっている。少ない人数で、いかに効率的に、患者を管理するかを考える病院がほとんどで、結果として、人権無視や虐待と思われることが日常となっている。

閉鎖病棟がある。開放病棟でもカギが掛かっていて、患者は自由に外には出られない。虐待防止法でいう〈閉じ込める〉に該当するのだが、治療のためと許されているのだ。水中毒で、水ばかり飲んでしまう。徘徊したり、暴れたりするなどを理由に、隔離室（保護室と呼んでいる）に入れられたり、ベッドに両手両足を縛り付けられたりする。このことも、〈縛り付ける〉という身体的虐待に当たる。〈不要な薬を飲ませる〉というのも、虐待に当たる。必要以上に、薬を投与する。そのために、ロレツがまわらなくなったり、歩行が困難になったりする。これらはまさしく、虐待なのだ。それが、精神科病院のなかでは、治療として許されている。

引き取り手がない、退院しても住むところがないなどの理由で、症状が落ち着いているにもかかわらず、十年、二十年、三十年と入院させている。要するに、その病院では、十年、二十年かけても、病気を治す能力がないことを証明しているようなものだ。「うちの病院では治せません」と、正直に告白し、治せないなら一度は退院させるのが筋だ。しかし、実際のところは、カギのかかった病棟に閉じ込め、外出の自由さえ奪っている。人権の立場からも、障害者虐待防止法がザル法にならないことを望む。

53 刑法三十九条

書かねばならないと思いながら、今日まで延ばし延ばしにしてきたことがある。刑法三十九条についてである。その第一項では「心神喪失者の行為は罰しない」、第二項では「心神耗弱者の行為は、その刑を軽減する」と規定されている。心神喪失が認められ、無罪になったとき、これまでは精神保健福祉法で措置入院となっていた。医療観察法ができてからは、その法律に基づいた入院形態となっている。日本の刑法は犯罪を犯したとき、その当人に責任能力があったかどうかが問われる。心身が喪失状態にあったと見なされれば、裁判にかけられても、無罪となることが多い。たとえ殺人という重い罪を犯したとしてもである。無罪になることがはっきりとしているとき、検察官は起訴しない場合もある。つまり、不起訴処分にしてしまうわけである。不起訴処分にされれば、精神障害者にとっては、裁判を受ける機会さえ奪われることになる。被害者やその家族にとっても、犯人が不起訴や無罪であることは、やりきれない思いが残るであろう。犯罪を犯しても罪にならない。刑法三十九条があることで、精神障害者は怖いといった偏見が、さらに助長されかねない。

いわゆる健常者と言われている人の犯罪率よりも、精神障害者のほうが犯罪率は低い。優しかったり、敏感であったりする人が多く、むしろ世間を怖がって、ひっそりと暮らしていたりする。だから計画的に犯罪を犯すなど、苦手である。しかし、不幸にして犯罪を犯してしまうケースもある。わたしの周辺にいる精神障害者のほとんどは、罪を犯せば裁判にかけてもらい、犯した罪は罪として償いたいという考えをしている。精神が病んでいるとはいえ、事の善悪がまったく分からないわけではないからである。刑を軽くするためだけに、心身喪失や心神耗弱を装うことはしてほしくないし、そんな偽装行為は見破ってほしいと思う。池田小学校の児童殺傷事件の犯人も、当初は、精神科に通院していたことが、新聞やテレビで大々的に報道された。そして、精神障害者は怖いというイメージを世間に広げた。この事件をきっかけに、悪しき医療観察法もできてしまった。その後犯人は精神病を装っていただけであったことが、判明するのである。

精神障害者は犯罪を犯さないのかといえばそうではない。警察官でさえ犯罪を犯すように、精神障害者も犯罪を犯すのである。ただ、一般の人に比べて、犯罪率が低いというだけである。統合失調症が酷かったとき、わたし自身も犯罪を犯しそうになったことがある。病状の途中経過や詳しい状況については省くが、わたしは秘密兵器と秘密結社によって、人間の肉体・思考・感情が操られていると思ってしまった時期がある。テレビにも新聞にも報道されていない、国際的な秘密事項。それに気づいたのは、わたしだけだ。だからわたしは、精神病者にしたてあげられようとしている。十数人ほどだった会社が四十人近くに増え、社屋も建て増しされた。わたしが通院していた古ぼけた病院も、新しい病院に様変わりした。敵は会社や病院にまで手を回して、多額の金を払い、わたしを精神病者にしようと企んでいる。心理学者までそろえ、なんだかんだとわたしに対して思わせぶりなことを言ったり、したりしている。そして、わたしがどのように動揺や緊張をするのかを、つぶさにモニターしている。しかし、いつまでたっても、敵は正体を見せようとしない。証拠も見せようとしない。そして、攻撃だけが執拗に繰り返される。

暴力団や殺し屋が、襲ってくる気配もある。わたしは殺すよりも殺されようと思って、抵抗はしなかった。しかし、いつまでも続く、不透明な攻撃に焦ってしまったのだろう。誰から頼まれて、このようなことをしているのか問い詰めたかった。会社には食堂があり、調理をする人もいて、みんなで昼食を食べる。台所には包丁が置いてあるはずだ。部長がわたしの前に座っている。誰の指示で動いているのか、口で聞いただけでは吐こうとはしないだろうから、包丁で脅してやろうと思った。食事をし終えると、包丁を取りに行くためにさっと立ち上がった。すると、わたしの隣の人もさっと立ち上がった。わたしは、わたしの気持ちを気づかれていると思い断念した。間一髪で犯罪者にならずにすんだ。そのとき、行動していれば、わたしもまた犯罪者になっていたのだ。

54 強迫性障害

二〇一四年二月二十八日、娘が精神科病院に入院した。保健センターの精神保健福祉相談員と、妻とわたしとが付き添った。病院の玄関に着き、自動ドアの中に入るまで十分ほどかかった。女性の看護師も加わって優しく促し、やっと診察室に入れた。歩けなかったり、物にさわれなかったり、食事ができなかったり、風呂にも入れなかったりした娘だが、医師を前にしての話は混乱することもなく、自己分析もできていた。医師の診断は、強迫性障害と妄想。緊急に入院を必要とするという判断であった。わたしはその日の夕方に、別の精神科病院で、看護師やＰＳＷ（精神保健福祉士）の人たちを対象にして、統合失調症の体験談や地域での生活ぶりについて、話をしにいく予定だったので、入院手続きなどは妻にしてもらうことにして、心配で心残りはあったが、娘と別れた。

翌日から妻と交代で毎日のように面会に行った。スマホのネットで、薬の悪い情報を知ってしまった娘は、薬を怖がっていた。主治医や看護師は優しく薬を勧めてくれた。しかし、それでも娘はまだ薬を飲むことに抵抗した。肝心の不安は一向になくならないこと、薬を飲むことで自分が自分でなくなってしまうようで、より怖くなってしまうことなどを訴えた。薬よりもカウンセラーのほうを望んでいた。しかし、実際のところ、カウンセラーなどと悠長なことをいっていられないほどに、娘の状態は急を要していた。「薬を飲まないのなら、縛り付けてでも注射をするよ」と脅されて、しぶしぶ薬を飲むことに同意したらしい。

強迫性障害にもいろいろある。有名なのはいつまでも手洗いをやめられなかったり、カギを閉め忘れたりしたのではないかと何度も確かめる行為などである。本人も馬鹿馬鹿しいと分かっているのに、そうしないと、より一層の不安に陥ってしまうのだ。娘の場合は、何か悪いことが起こるのではないかというような考えが、頭に浮かんでくる。お父さんやお母さんやお兄ちゃんに、何か起こるのではないかと、浮かんでしまう。そして、それと同時に耐えられないほどの恐怖感が襲ってくる。実際にも、偶然が重なってしまったのである。短期間のあいだに、まず妻が体調を崩し、救急車で運ばれるようなことがあった。続いて長男が離婚し、実家に帰ってきた。娘の恐怖心にとどめをさすような形で、わたしの眼が左右に動かなくなり、前方が歪んで見えてしまって、歩行が困難になってしまった。娘は、それらの不幸が起こったのは、自分の責任だと感じてしまった。悪いことが起こりそうな考えが浮かんだとき、自分がちゃんともう大丈夫だと思えるまで、やり直しをきちんとしなかったせいだと、思い込んでしまった。悪いことが起こると浮かんだことに責任感を感じ、それを何とか払拭しなければと考え、儀式やジンクスめいたものにとらわれ、同じことを繰り返す。

考えが浮かんでしまうともう一度前の地点まで戻って、今度は大丈夫という感覚が得られるまで、何度も同じことを繰り返す。うまくいかなければ、体中が震え出し、頭がパニックになる。歩くことにも、食事をすることにも、風呂に入ることにも、ゴミを捨てることにも、何度も払拭行為（悪いことが起こらないためのやりなおし）を繰り返す。払拭できたと感じるとしばらくは平安が訪れるが、また考えが入り込み不安になる。認知の片寄った思い込み、過敏に反応する不安な感情や肉体、日常生活を妨げてしまうほどの強迫行為（娘の言葉を借りれば払拭行為）、これらが複雑に絡み合っている。とらわれの心やこだわりの心を解きほぐさない限り、娘に平安はない。

薬も補助的要素として必要だとは思うが、特に緊急時には絶対に必要だと思うが、強迫性障害の場合、薬以上に大切なものは、いかにしてこだわりの心を解きほぐすかというアプローチだろう。建物はきれい、テレビも見られるし、スマホを使うこともできる、主治医も最初から薬を大量に出そうとしないし、親切で優しい看護師も多い。集団でのゲームやスポーツやアートなども取り入れられている。しかし、残念ながら薬による治療が主流となっている。強迫性障害の人には、個人個人に応じた認知行動療法・森田療法・その他のカウンセリングが必要に思える。ただ、カウンセリングは薬のように即効性がなく、時間も金もかかり、カウンセラーとの相性もありなどして、利用しづらいのも事実である。

55 娘から学ぶ

就労継続支援B型の『泉北ハウス』の二階の相談室で、毎週水曜日の二時から四時まで、『ほっとほっと』の電話相談をしている。電話番号は072・296・8889で、全国どこからでもかけられる。そのほかにフリーダイアル0120・75・878があり、堺市・和泉市の家の固定電話からだと、通話料なしでかけられる。常連さんというか、頻繁にかけてくる人が二名ほどいる。そのほかには、たまに一、二名ほどかかってくるだけなのでどちらかというと暇である。こころの病をもった当事者からの電話が多いが、家族さんからかかってくることもある。病気の話や悩みごとだけでなく、話がしたいということで話をし、気分が楽になったという人もいる。

いろいろな福祉制度を利用するには、行政の窓口や、施設のスタッフや、保健センターの精神保健福祉相談員のほうがより詳しく、電話の内容によってはそちらにふることもある。しかし、病気のしんどさや、薬の副作用や、悩みや希望などは、われわれ当事者のほうがより得意である。いわゆる健常者には分からないこと、あるいは分かりづらいことに対して、当事者は、似たような病を体験したものとして、多くのことに共感できる。上から目線や、指導や指示ではなく、ピア、対等の位置から話ができる。自分だけが悩んでいるのではないことが分かり、自分の気持ちを共感できる人がいることを知って、気持ちが楽になる。専門職ではないピアによる電話相談の効用とは、病気の体験者同士のこころの通い合いにあるのだろう。

わたし自身は統合失調症なので、統合失調症の人からの電話は得意分野である。作業所や地域活動支援センターには、躁うつ病やうつ病や発達障害の人もいて、親しく付き合っている人もいるので、ある程度は理解できる。しかし、強迫性障害については、少しの知識しか持ち合わせていなかった。ところが今年の二月、娘が強迫性障害で精神科病院に入院することになった。娘を守ってやりたい思いで、強迫性障害の本だけでなく、認知行動療法・森田療法・カウンセリングに関する本を、十数冊ほど一挙に読んだ。

本を読むことによって、娘に対する理解は一段と深まった。当然のことながら、統合失調症にもいろいろなケースがあるように、強迫性障害にもいろいろなケースがあること、その病気の重さや深さも様々であることが分かった。そして、最大の教科書は、娘自身であることが分かった。娘を助けるためには、娘から学ばなければならない。どのような強迫行為があるのかは、日ごろ接している娘の行動を見れば分かる。しかし、そのこころの内面は娘自身から聞かないかぎり分からない。

幸いに、娘は自分の言葉で、自分の病気について語ることができる。娘の話を聞くことで、わたしも娘をより多く理解できる。娘もまたわたしに話すことで、自分の病気を整理できていく。以下は、むしろ娘の話の受け売りである。やりなおしという強迫行為の前には、必ず強迫観念がある。侵入思考とでもいうべき言葉やイメージが浮かんできて、不安やとてつもない恐怖に襲われる。このあたりは、統合失調症の〈思考吹き入れ〉にも似ていて、主治医もロナセンという統合失調症の薬も処方している。悪いことが起きるのではと、頭に浮かんでしまうと、不安や恐怖で、体が震えてしまうほどになる。主治医もデパスという抗不安薬を、頓服的に処方している。そのほか、抗うつ薬であるレクサプロも処方している。薬の力で、嫌なことや怖いことが浮かんでくる頻度はゆるやかになっているが、根本的な解決には至っていない。回数が減ったとはいえ、やりなおしをしてしまう。

それほどに浮かんでくるイメージは強烈なもので、耐えられないものだ。娘はそこから逃れるために、言葉や嫌なイメージを払拭しようとする。やりなおしの儀式をしてしまうのだ。うまくいけば、しばしの間は平安が訪れる。しかしまた、嫌な言葉や不吉な言葉が侵入してくる。馬鹿馬鹿しいと自分でも分かっていながら、強迫行為をやめることができない。娘の病気そのものは大変だが、皮肉にも電話相談のレパートリーを増やすことにもなった。娘に話をしてもらうこと、わたしが話を聞くことで、少しでも良い方向へと向かいたい。

56 娘よ

リヴィエール134号で「娘よ」という詩を発表した。強迫性障害のため、精神科病院に入院した娘のことを想って書いた作品だ。合評会の席で「ある詩人が自分のことを書くのはいいのだけれど、たとえ娘でも、当事者ではないのだから、作品にするのはいかがなものかと心配していた」という話を、同人の仲間から間接的に聞いた。また、例会を司会していた同人から、「あんた、この詩を娘さんに見せられる?」という言葉を、直接的に聞いた。わたしは抗弁もせず、多くを語らなかったが、共産党支持者とか、詩人と言われる人たちのなかでさえ、まだまだ偏見をもっている人がいるのだと痛感した。もちろん、そのような発言をした当人が、偏見をもっているというわけではない。世間は偏見に満ちていて、その世間の人がどう思うかを心配しての発言である。要するに、精神病は隠しておいたほうがよいという発言である。しかしそれは、世間に向かっていこうとする姿勢ではなく、あるのかないのか分からないような世間に迎合した姿勢ではなかろうか。

当然のことながら、わたしは娘に「娘よ」という詩を読んでもらった。わたしは今回にかぎらず、わたしのできたての詩を娘に読んでもらうことが多い。娘の感想を聞くのが好きなのである。「こんな詩を書いていいのかと心配している人もいるよ」と娘に言うと、「事実そのものだからいいんじゃない。「娘よ(2)(3)」と書いていったら?」との返事。「4で仕事復帰、6で彼氏ができて、7で結婚、8で出産なんてのはどう?」と言う。さすが、我が娘だと思った。

なまじ、隠そうとするから精神病に対する無理解や偏見は広がっていくのだ。わたしは自分が統合失調症であることも、アルコール依存症であることも公言し、本名も顔もさらして、あちこちで病気の体験発表など、当事者であるがゆえに言える講演をしている。娘はわたしの病状の大変だった時期も、その回復過程も、すべて見てきて知っている。わたしの背中も腹も見て、育ってきたのだ。世間の偏見以上に怖いのは、自分が自分に対してする偏見である。統合失調症にしろ強迫性障害にしろ、百人に一人とか、五十人に一人とか、誰でもがなり得る病気である。育ち方や自分が悪かったからなる病気でもなく、遺伝だけでなる病気でもない。また病気だから治していくこともでき、病気以外の部分では普通の人と何ら変わらない。病気のために日常生活に支障をきたすこともある。だから、精神障害者と呼ばれたりもする。

そして、障害をもつことは、悪いことばかりではないと気づく。障害があったとしても、それが自分のすべてではないことにも気づく。喜び、悲しみ、怒りなどして、人間としての感情をもっていることにも気づく。できないことも多いなかで、自分にもできることがあるのに気づく。やりたいことや、夢や希望をもっている自分に気づく。何よりも、障害をもってよかったと思えることは、精神障害者だけでなく、他の障害をもっている人にも優しくなれることだ。高齢者や被災者の気持ちにも寄り添えることだ。強者の立場でものを見るのではなく、弱者の立場でものを見れるようになることだ。エリート街道だけでは見ることのできなかった、また違った景色が見えてくるようになる。

娘は五月十九日に退院した。三カ月弱の入院期間であったが、精神科病院のなかで、同じような病気の仲間と触れ合うことで、精神病者は怖い存在ではないことを学んできたようだ。スマホの持ち込みが自由な病棟だったので、メール交換などして、友だちも作ったようだ。いろんな人の病気を見て、聞いて、自らの病気も受容できるようになっている。したくはない体験であったろうが、どんな体験でも人生にムダはない。娘も病気になることで、より成長した。

退院はしたが、娘の強迫性障害は治ってはいない。今はまだ薬の力で強迫観念が緩和されているという状態だ。しかし、入院しているよりも退院して地域で暮らすようになってからのほうが、より行動範囲が広がり、より元気になった。父や母と散歩をし、喫茶店やレストランで、おいしいものを飲んだり食べたりする。一人で美容院にも行けるようになった。できることが少しずつ増えて、それが回復への希望、これからも生きていこうとする力となっている。

57 娘の自己選択

三十三歳の娘から六十九歳のわたしは、多くのことを学んでいる。三カ月近くの精神科病院への入院を終えて、二〇一四年五月十九日に娘は無事に退院することができた。強迫性障害のために、歩くこともできず、風呂に入ることもできず、着替えをすることもできず、ついには部屋からも出られなくなって、食事さえままならない状態になった。しかも、薬を飲むことへの抵抗があって、服薬を断固として拒否していた。保健センターの精神保健福祉相談員の力を借りて、ようやく精神科病院につながり、即入院と決まった。

わたしは統合失調症で、幻聴・幻覚・妄想が激しかったが、妻の反対もあって入院はしなかった。そのせいか三十五歳で発病していながら、五十一歳まで病識をもつこともなく、病気に翻弄されてきた。普段は一滴も酒を飲まないのに、飲むと四合、五合と深酒をして、幻聴や妄想との距離が取れず、電車の中、人込みの中、自宅の部屋でも大声を張り上げるという、問題型アルコール依存症にもなった。わたしには精神科病院への入院体験はない。統合失調症もアルコール依存症も入院はせず、通院だけですませてきた。入院は必ずしも否定するようなものではなく、時と状況によっては必要なものであることを、娘から学んだ。手遅れにならない範囲ではあったが、娘の入院はむしろ遅すぎたかも知れない。さらに反省すべきは、服薬の大切さを娘に説得しきれなかったことだろう。スマホで仕入れた情報を過大視し、娘は薬の副作用を極度に怖がっていた。精神科のクリニックにも連れて行ったが、娘は服薬を拒否した。この段階で薬を飲んでいれば、病状をこじらすこともなく、入院もしなくてすんだのではと思ったりもしている。

今の娘は、自らの意志で積極的に薬を飲んでいる。根本的には、認知の歪みを修正していかなければならないのだろうが、今は薬の力を借りている。薬の力で、嫌なことや不安なことが、思い浮かばないようにしている。そして日常生活のなかで、気にかかることがあっても、やりなおしの回数を少なくしている。やりなおしをしなくても大丈夫だったという成功例を積み重ねて、自信をつけるようにしている。

娘には入院期間も必要であった。あの当時の緊急事態を乗り越えるには、入院という選択肢しかなかったであろう。あれほど服薬を拒否していた娘が、薬の大切さを学んだ。薬を飲むことで激しかった病状も、ゆるやかになることを学んだ。そして、緊急時と比べると、ある程度、病状も落ち着いてきた。だが、閉鎖された病棟内でできることなどたかが知れている。たとえ病状が残っていたとしても、地域のなかで生活するほうが、生きていく力を育んでいける。娘は退院する道を選択した。

やはり退院して地域で暮らすようになってからのほうが、行動範囲も広がり、できることが増えていった。それが自信へとつながり、回復への希望につながっていった。まずは歩くことと、食べることから始めた。娘と二人で散歩した。最初は、やりなおしのために、立ち止まったり、引き返してもう一度歩きなおすなどもしたが、散歩を繰り返すうちに、歩くのはふつうに歩けるようになった。喫茶店やレストランで、娘がおいしいと思うもの、好きなものを飲んだり、食べたりした。そして、ふつうに食べたり、飲んだりできるようになった。

わたしは積極型であり当たって砕けろ派であるが、妻は慎重のうえにも慎重派である。娘はそうした二人の間で、考えが揺れているようだが、わたしは最終的には娘の意志に任せるようにしている。その娘が保健センターのグループワークへ行こうと言いだした。まだ一人では歩けないで、父と連れ立ってでないと駄目な状態でもあった。強迫観念が浮かびやすく、「大丈夫?」と親に聞く。「大丈夫」と言ってやって、やっと安心できるような状態なのだ。わたしは「とにかくやってみよう」と励ます。初日はわたしもついていったが、次からは一人で行けるようになった。今後の課題は薬の種類と量を減らすこと。娘の選択は減らす方向にもっていくが、主治医と相談しながらとのこと。さすが、我が娘である。わたしが十六年もかかって、やっとたどりついた境地に、娘はすでに達している。

58 薬について

『ぽちぽちクラブ』や『ほっとほっと』の電話相談のなかで、薬に関する相談が時々ある。わたしは精神科医や薬剤師のように、薬の専門的知識があるわけではない。また同じ薬でも、個人の体質や置かれている環境によって、その時々の症状の度合いによって、薬の効用もその副作用にも違いがあるので、基本的には、主治医と相談して薬の調整をしてもらうよう勧めている。この薬がいいとか、その薬は止めなさいとかといったアドバイスはしない。薬のことについては、無責任のようだが、医者に振ってしまうのである。わたしが語れるのは、統合失調症で薬を飲んできた、あくまでも個人的な体験だけである。それと、強迫性障害で服薬している娘を見たり、作業所などで、精神病の人たちから聞いた服薬の話の範囲内である。だから、これから語ることは絶対的なものではなくて、参考までに留めてほしい。

個人的な体験を述べると、わたしは三十五歳で統合失調症を発病し、妻の反対で入院はせず、六週間の自宅療養をした。セレネース二錠、ドグマチール二錠、副作用止めのアキネトン一錠を朝・昼・夕と三回飲んだ。こめかみが締め付けられるようになり、ロレツもまわらず、よだれが垂れた。アカシジアといって、静止していられない副作用も出た。寝ていても、すぐに起きたくなり、起きるとまたすぐに横になりたくなる。同じ姿勢を続けていられない状態であった。体がだるく、頭もぼんやりとして、考えようとするとしんどくなって、考える力が大きく減退していた。

しかし、機関銃の乱射のように、寄せては返す波のように、激しかった幻聴は、雨垂れの音ぐらいの静けさになった。実際はセレネースやドグマチールなどの抗精神病薬が効き目をあらわして、幻聴や敵の攻撃の気配がゆるやかになったのだが、わたしは当時、そのようには理解できなかった。あくまでも、秘密結社があり、秘密兵器があると思い込んでいた。そして、薬をを飲んでいると、敵は攻撃の手をゆるめるのだろうという、妄想を抱いて薬を飲んだ。妻も薬を飲むように勧めていた。社長や主治医の言うことも聞かなかったわたしだが、妻の言うことには従った。わたしは妻のことが好きだったし、妻を信頼していた。幻聴や妄想の症状が激しかったにもかかわらず、入院せずに、自宅療養や通院だけですんだのは、家庭が信頼と安心のできるものであったからであろう。

仕事を再開し、薬は朝と夕の二回になった。仕事を始めると幻聴もまた激しくなった。幻聴や妄想や気配のあるなかで、仕事に集中しようとした。わたしは印刷出版の会社で、校正や版下作成や写真製版の仕事をしていた。オフセット印刷の会社でもあった。薬を飲んでいると、体がだるく、頭もぼんやりとしがちで、自分でも仕事がとろいと感じた。これでは仕事にならないと思った。勝手に薬を減らしたり、完全に服薬を中止したりした。病状が悪化し、何日も幻聴の相手をして夜も眠れない日が続き、ダウンした。九年間は同じ会社に勤めるが、六、七回は自宅療養を余儀なくされている。発病から十年後には、わたしも四十五歳になり体力が衰えた。統合失調症の激しい病状も、これまでは体力や気力や集中力でカバーしてきたが、それらが衰えると、病状のほうが優勢になってしまった。「働かなくていいから、家のことをしてください」と妻は言ってくれた。家庭で掃除・洗濯・食事作りなどをし、少しは楽になったはずなのに、病気は良くならない。良くなり始めるのは、病気の仲間と出会って、自分もまた統合失調症だと分かった、発病から十六年後である。敵がいるのではなく病気だったのだと分かることで、緊張から解放され、病気ならば治さなければならない、医者の言うことも聞いて、薬を飲まなければならない、休養も取らなければならないと思えてからである。

主治医と相談しながら、薬も変えてきた。現在はエヴィリファイとドグマチールを一錠ずつ、朝・夕に飲んでいる。それと眠りにくい夜にエバミールを飲んでいる。リスパダールを飲んでいた時期もあるが、エヴィリファイに変えてからうつ状態の気分から脱却できた。ロヒピノールやユーロジンの睡眠薬を飲んでいた時期もあるが、そのころは目がかすんで見えにくかった。エバミールに変えてからは眼のかすみはない。

59 続・薬について

前号で、薬の電話相談については、基本的に医者に振ってしまい、「主治医と相談しながら決めてください」と答えると書いた。それはそれで仕方のないことであるが、いささか無責任な気もする。そこでわたしの服用体験を語ったが、今回はさらに突っ込んで考えてみることにする。

およそ薬と名のつくかぎり、どんな薬にも副作用はある。作用と副作用のバランスを取りながら、薬の種類や量を決めて処方箋を書くのが、医師の腕の見せどころだろう。ことに精神病に処方する薬は、脳の神経伝達物質のありようにかなりの影響を与えるだけに、その副作用は大きい。体がだるくなる。思考力・持続力・集中力が衰える。動作にも機敏性がなくなり、晴れやかな気分になることも少なくなる。ときには糖尿病を誘発したり、女性だと生理不順になったりもする。たとえば統合失調症の場合、脳内でドーパミンが出すぎるのだろうという仮説から、ドーパミンを減らす薬を処方するが、元来ドーパミンはやる気などの意欲や考える力を奮い立たせるものである。それを抑制しようとする薬だから、当然やる気は阻害される。さらに不安感の強い人には、抗不安薬が処方される。しかし、それも考えたり想像したりする力を抑制することによって成り立っている。

理想は薬を飲まなくても、自然治癒するのが一番だが、病気にまでなってしまえば薬に頼るしかない。薬も飲まずに自力で治せると思い込んで、そのまま放置していれば、泥沼にはまっていくばかりである。病状の酷い時期、急性期には、強めの種類の薬も必要だ。量も多く飲まなければと思う。しかし、薬が日常生活に支障をきたすほどに副作用が強いならば本末転倒である。薬の量も種類も、基本的には減らしていくべきである。病気にだけ眼を向けるのではなく、いかに日常生活を楽しく過ごすことができるかまで考えてくれる医師は、名医である。残念ながら、今の日本ではまだ名医は少ないと思われる。

かといって、かってに服薬を減らしたり中止するのも危険である。病状が再発しやすくなるからである。薬を飲んでいてのしんどさ、我慢できない副作用については、主治医と相談するほうがいい。作業所のメンバーのひとりの話であるが、副作用がひどいので薬を変えてくれるよう頼んだところ、「おれの出す薬が飲めないのか」と、すごいけんまくで怒鳴られたという。精神病の治療にも、セカンド・オピニオンが必要である。精神科医はひとりだけではない。精神科の病院やクリニックも、ひとつだけではない。相談にも乗ってくれない医師は敬遠して、他のクリニックや病院に変わるのも一方法である。精神病者といえども、治療を受ける客なのである。病院もクリニックも、ボランティアで治療をしているのではなく、ちゃんと金をもらっているのである。患者だけが、卑屈になる必要などないのだ。だめな医者なら、他の医者に変わることも、保証されていないといけない。精神科の患者だけが、我慢しなければならないというのは、おかしすぎる。

また薬の量と種類を減らすためには、安心できたり、生きていることが楽しかったりという、良い条件も必要である。ものの考えかたはどうか。日常生活の過ごしかたに不安がないかどうか。自分をとりまく環境はどうか。それらが良ければ良いほど、薬を減らしていくことができる。不安材料や緊張感が少なく、安心して生活できることによって、結果として、薬も減らしていける。薬だけに頼るのではなく、環境を整えるという考えかたである。

そして、病気であることを受容することも、大切である。できないこと、無理が効かなくなっていることがあることを認め、回復を焦りすぎないことも重要である。また、そのようななかでも、まだ自分にはできることもあることを知り、希望を失わず、長い眼で見ていくことも大切である。ひとりぼっちにならないで、仲間とふれあうことができれば、なおのこといい。安心と生きる楽しみ。それらがあって、薬も減らしていける。過干渉な親や配偶者、極度な貧困は、病状を悪化させ、結果として薬を増やしてしまう。親や配偶者との信頼関係があり、家庭が安心できる場所であるほうが、薬を減らしていける。そして、逆説的だが、減薬も焦りすぎないほうがいい。

60 馬鹿をみないために

「正直者が馬鹿をみる」ということわざがある。「嘘も方便」ということわざもある。本来なら正直であることが望ましいし、美徳ともされている。しかし、時と場合、あるいは社会の状況によっては、正直であることが自分に不利益をもたらすことがある。自分だけでなく、家族や親戚にまで、不利益をもたらす場合がある。自分が精神病者であることを、正直に話すのか、それとも嘘をつかないまでも、本当のことを言わないで、隠しておくのか。就職しようとするとき、結婚しようとするときなど、精神病者は正直に話すかどうかの選択に迫られ、悩むことが多い。多くの精神病者は、隠しておくほうを選ぶ。正直に話せば、不利益をこうむることのほうが多い社会だからである。

どのような不利益があるのか。最近問題になってきているのは、運転免許の更新手続きで、統合失調症という病名を正直に話したために、免許の更新を中止されるというケースがあったことである。症状が良くなっているか、いないかにかかわらず、病名だけで免許の更新がされないのは差別ではないか。社会がそういう社会であるのならば、社会が変わらない限り、病名を隠すしか対抗策はないのではないか。

別のケースもあった。大手のスーパーにパートとして就職した人の話である。その人はクローズ（病気であることを、告げないこと）で、就職した。商品の在庫管理や、品だしを任され、ちゃんと働き、なんの問題もなく、日々を過ごしていた。ある日、精神障害者手帳を落としてしまった。精神障害者であることを職場の上司に知られ、即刻クビになった。仕事はふつうの人と同じように、ちゃんとできていたのに、精神障害者ということが知られただけで、仕事をやめさせられてしまった。

以前から、結婚差別、就職差別、交友差別があった。残念ながら、まだまだ今の日本社会は、精神病者に対する無理解と偏見に満ちている。カミングアウトするメリットとデメリットを考えた場合、デメリットのほうが、はるかに大きい社会である。正直者でいたいけれど、そして精神病者はなぜか正直者のほうが多いような気がするのだけれど、正直だけでは生きていけないのである。嘘をつかないまでも、誰彼なしに、時や場所や状況を考えずに、精神病であることを暴露するわけにはいかないのである。

例えば、就職する場合、病気であることをオープンにするか、クローズにするかが問題になる。障害者雇用促進法というのがあって、オープンにすれば、職場ではそれなりの配慮もしてくれる。しかし、残念ながらその雇用枠は少ない。会社のほとんどは、精神障害者というだけで、採用しようとはしないからである。仕方なく病気であることを隠す。ところが、クローズで就職できても、疲れやすさや病気の波への配慮があるわけではないので、仕事を長続きさせるのは難しい。クローズにするかオープンにするか、どちらの選択にしても、仕事を続けるには厚い壁があるのである。

正直者が正直に生きるためには、正直であることが通用する社会にならなければならない。精神病に対する理解が広まり、深まっていかなければならない。何度も繰り返すが、今の日本社会では、カミングアウトすると、デメリットのほうが大きいのである。結婚・就職・交友。隠しておかなければ偏見の目で見られ、生きていけない。しかし、同時に、隠してばかりだと、社会は一向に変えられない。社会を変えていくためには、自らの病名を語り、その体験を語る人が、数多く出なければならない。そして、自らの思いや願い、生きざまを語る必要を感じる。

精神障害者も人間なのである。病状の重さ、軽さによって、また病気の波によって、働けるときもあれば、働けないときもある。自分の才能を生かせるときもあれば、生かせないこともある。たとえ障害があっても、ふつうの人間と同じように、社会のなかで人間として、ふつうに生きていきたいのだ。症状が安定しているのに、統合失調症という病名だけで、自動車の免許証の更新を拒否されたりしてはならない。働けているのに、精神障害者というだけで、職場を追い出されるようなことがあってはならない。

61 禁煙

今年中には、タバコをやめようと悪戦苦闘している。一日に二十本から三十本のタバコを吸い続けてきた。タバコも値上がりし、さらに値上げの噂も流れている。その経済的損失は計り知れない。加えて、健康被害の問題。わたしも七十歳。夜中、喉の痛みで眼を醒ますことがある。転ばぬ先の杖。喉頭ガンや肺気腫になる前に、もうそろそろタバコはやめなければと決意してみた次第である。吸っている本人だけでなく、受動喫煙によって、周囲の多くの人に迷惑をかけていることも知った。

受動喫煙防止は、国をあげてのキャンペーンとなった。歩きタバコが、禁止されている地域も増えた。見つかれば、罰金まで払わされるらしい。公共の建物だけでなく、会社などでも敷地内は禁煙となった。病院はいうに及ばず、喫茶店さえ店内禁煙という店が増えてきた。昔は、タバコを吸うのはひとつのファッションであったが、今は違う。タバコを吸う人のほうが、肩身のせまい世の中になってきた。

一仕事終えたときの気分転換、ぼんやりと手持ち無沙汰なときの一服、原稿用紙やワープロに向かい、考えごとをするときなど、タバコはわたしに必要なものであった。しかし、冷静にタバコの効用と弊害を考えた場合、プラスよりマイナスの方が勝る。自分に害を及ぼすだけでなく、周囲の人にも害を及ぼす。やめよう、やめなければならないと七十歳の今頃になって、やっと決意した次第である。ところが、その決意はすぐに崩壊する。理屈ではいくら分かっていても、やめられないのがタバコである。ニコチン依存症というクセモノである。

昨年の暮れごろから、禁煙に何度も挑戦してみた。禁煙ではなく、断煙と位置付けたりもした。タバコを三日やめ、四日やめ、そしてまた一週間立て続けに吸った。四日やめ、五日やめて、また吸った。完全にはまだやめ切れていない。喫煙も精神病のひとつであることを思い知った。喫煙もまたニコチン依存症というれっきとした精神病である。病気だと認めること。そうすることによって、病気だから治さなければならないという目標も見えてくる。

ストレスの解消、気分転換、考えごとの効率化などと、喫煙を合理化し依存症であることを否認し続けてきたわたし。ニコチン依存症もアルコール依存症も、最初は病気であることの否認から始まっている。そして依存症と名のつくかぎり、薬物依存であれ、買い物依存であれ、ギャンブル依存であれ、断ち切って依存をなくす以外に方法はない。やめること、タバコを吸うという行為をしないことを、続けていく以外に方法はない。〈しないこと〉を〈する〉という行動の変化と、その昇華が必要である。「タバコをやめればなんとかなる」という、シンプルな考えに徹する以外にはない。そのように、理屈では分かっていても、完全にやめ切ることが難しい。

幸いにと言うべきか、わたしには五十一歳でアルコール依存症と診断され、断酒会に入り、今は完全に酒がやめられているという実績がある。途中で何度か、一晩だけの酒を飲んでしまったが、その後は完全断酒を続け、二〇一五年の十二月には十年表彰を貰うことになっている。アルコール依存症を克服できたように、ニコチン依存症も克服できればいいと考えた。失敗しても失敗しても、禁煙に挑戦し続けること。〈わたくしも完全に酒をやめることができます〉〈わたくしは心の奥底から、酒のない人生を生きることを誓います〉という、断酒会の例会で読みあげる「心の誓い」は、酒をタバコに置き換えるだけでいいと考えた。そして酒が自分にだけでなく、どれほど周囲の人にも害を加えてきたかを、語り続けてきたと同じように、今度は、タバコが自分の健康などを害するだけでなく、どれほど周囲の人に迷惑をかけたかを語ればいい、と考えた。

しかし、理屈どおりにはいかないものである。酒はやめられても、タバコはやめられないで悪戦苦闘している。依存症なのだから、アルコールもニコチンも同じだろうと考えた、わたしの考え方は甘かったようだ。わたしには、ほかにも愛情依存などがあり、AC（アダルトチャイルド）からきたのかもしれないが、依存的な性癖がある。断煙という目標達成が数年先だとしても、あきらめずに挑戦したい。

62 言いっ放し聞きっ放し

リヴィエールの合評会での席や、詩集や詩誌評を書く場合は作品の評価をする。作品はまな板の上に乗せられ、批評がされる。良いところ悪いところが、それぞれの読者の立場から述べられる。そこではむしろ、批評の切り口が問われる。作者はそれらを聞いて、いろいろな読み方があるのを知り、改めるべきところがあれば改め、今後の作品に生かしていくことができる。そこで中心をしめているのは、評価や批判である。自分以外の人の意見を聴いて、自分を直していこうとする姿勢である。

その対極にあるのが、大阪精神障害者連絡会の交流会や、AC（アダルトチャイルド）ミーティングや、断酒会の例会である。そこでは、いわゆる「言いっ放し」「聞きっ放し」のルールが守られていて、ひとりひとりの発言に対して、評価や批判がされることはない。発言者以外は、ただ黙って聞いているだけである。発言の順番がまわってきても、しゃべりたくなければしゃべらなくてもいい。仮に不適切なこと、変なことをしゃべったとしても、それが批判されることもない。だから、そこにつどう人は、安心して発言することができる。発言の内容が、毎回同じでもよい。自分が自分のことを話すことによって、自分で自分を整理し、自分のいたらなさにも気づき、自分で自分を直していくことができる。

それに対して、合評会などの場合は、自分の作品に関して、複数の人の意見や感想を聞くことができる。いろんな意見や感想のなかから、自分で取捨選択し、自分に役立つと思われる発言内容を、今後の自分の作品に生かす。しかし、それはあくまでも、他者の意見や感想に触発された結果である。自分には自分の思いや考え方があったとしても、作品の評価をされる側は、まな板の上の鯉でしかない。手厳しい批評だとしても、耐えるしかない。「言いっ放し」「聞きっ放し」の例会は、自分で自分を直していくことに重点が置かれる。発言者の言動に、ほかの人たちは口をはさまない。そして、そこには同じような、あるいは似たような体験をもつ仲間が必要になる。

作品の評価や批判をする合評会との大きな違いは、相手の現在のあるがままを尊重し、相手を受容し、共感できるところは共感するという基本的な姿勢が、聴く者の態度のなかに確固としてあるということである。人間は、どうしても我が出やすく、自分を中心にして、相手を批判したり評価したりしがちだが、とりあえず相手を受け入れる、受容するということが、自助グループの例会での、「言いっ放し」「聞きっ放し」の原則である。何をしゃべっても、批判や批評をしないで受け入れるという態度は、一朝一夕では自分の身につかない。どうしても自分と相手との違いのほうに意識が傾いてしまい、相手の話を素直に聞けない。しかし、例会に参加し続けることによって、素直に聴くという態度が身についてくる。

何をしゃべっても受容される。そういう場があるからこそ、人は安心してしゃべることができる。そして、その場でしゃべったことは、他の場所で噂されることもない。してはいけないことになっている。いわゆる、秘密厳守のルールである。このことは電話相談でも当てはまる。だから、安心して話ができるのである。

自分が他人によって評価されないと同じように、自分も他人を評価しない。そこには自分の人生、自分の生き方は自分で決めるという基本姿勢がある。他人の批評や評価、指示や命令によって、自分の生き方を決めるのではなく、自分のことは自分で決め、自分が生き方を選択し、その結果に自己責任をもつという姿勢である。

人は自分自身がそうしようと思わない限り、なかなかそのようにはならない。そうしたいと思っても、なかなか思いどおりにならないのが人生であるが、人に指示や命令をされて、しぶしぶ不本意ながら、従っている人生とは大違いである。たとえ、間違っていたとしても、自分で自分の人生を決められる人は、生き生きとしている。そのためには、自分が人間として受け入れられているという感覚が必要である。だれがなんと言おうと、自分の人生の主人公は自分である。自分の意志で決めるからこそ、値打ちがあるのだ。

63 断酒会に入ったわけ

日本は酒の文化である。めでたい席で、そうでなくても酒が出てくる機会は多い。二〇一五年十月四日、竹林館の合同出版記念会に参加した。わたしの左隣は、送られてくる詩誌などで、名前も、どのような作品を書いているかも、知っている人であったが、初対面であった。やがて乾杯の時間がやってきて、わたしのコップにビールをつごうとしたので、「飲めませんので」と断った。「病気でもしているの」と聞いてきたので、「断酒会に入っていますので」と答えた。「飲みたくなりませんか」と、さらに聞いてきたので、「断酒会に入ってもう十九年になりますので」と答えた。さすが詩人。それからは、わたしに酒を勧めようとはしなかった。わたしは、いつもと同じように、ウーロン茶を終始飲み続けた。その場では、なぜ酒を飲まないようになったのか詳しく説明できなかったので、エッセイで書くことにした。

わたしの場合、三十五歳のとき、妻に連れられて、アルコール専門の新生会病院へ行った。医者から「あなたはアルコール依存症ではありません。精神分裂病（統合失調症）です」と言われ、他の精神科病院を紹介された。普段は一滴の酒も飲まず、肝機能の数値も正常なので、医者はわたしがアルコール依存症ではないと、判断したのであろう。わたしのアルコール飲酒は、その後も医者からは治療の対象にならず、十六年間も見過ごされてしまった。

五十一歳の一九九六年七月三十一日に妻に連れられて、再びアルコール専門病院の小杉クリニック本院へ行った。「問題のあるアルコール依存症です」と診断された。毎日通院し、医者の前で、シアナマイドとノックビンという抗酒剤を飲んだ。「酒を飲むと、心臓が破裂しそうなほど、七転八倒する薬だ」と聞かされた。

九月には、断酒会にも入会した。なぜ、「問題のあるアルコール依存症」なのか、それは普段は酒を飲まないくせに、飲むと正体不明になるまで深酒をしてしまい、反省はしてもまたそれを繰り返すからである。

私生児として生まれたこと。不健全な養父母に育てられたこと。十六歳で家出をしたこと。働きながら、高校を卒業し、公立の大学にも入ったが、中退して、釜ヶ崎で日雇いや飯場生活をしたこと。酒を飲み出すと、いろんな思いが吹き出してきて、深酒をしないではいられない性癖になっていた。さらに、三十五歳からは、統合失調症との重複障害にもなった。酒を飲まない日は声に出してまで、幻聴とやりとりはしないのだが、四合、五合と酒を飲んでしまうと、幻聴や妄想との距離が取れなくなって、大声を張り上げる。電車の中、人込みの中、家に帰る道、自宅の部屋で、幻聴を相手に大声を張り上げる。妻の神経を擦り減らさせ「隣近所に恥ずかしくて、ここに住めなくなるじゃないの」と、言わせるまでになっていた。

断酒会で酒を飲まない仲間と出会い、自分の所属する断酒会の例会には、ほとんど毎週参加してきた。初めはなじめなかった断酒会であるが、通い続けるうちに、断酒会の雰囲気にも慣れてきた。何年、何十年と断酒を続けている先輩がいた。あれほど反省を繰り返しても、やめられなかった酒を、自分もやめられるのではないかと思った。断酒会の例会は、「体験談に始まり、体験談に終わる」とも、言われている。自分の酒で、妻や子供や周囲の人たちに、どれだけ迷惑をかけたかを話する。そして、当日集まった仲間たちの体験談に耳を傾ける。

断酒会は握手しあったり、声をかけあったり、どちらかというと、仲間意識が濃厚すぎて、わたしには苦手なところもある。それでも断酒会を離れないで、話し続け、聞き続けることで、断酒が本物になっていく。三カ月表彰、六カ月表彰、あとは一年ごとの表彰もある。酒を飲まないだけでなく、自己変革にもつながっていく。酒を飲まなくてもよくなった自分、そのことだけでなく、これからどのように生きるかが課題になる。「継続は力なり」である。七年表彰をもらったあと、一晩だけの酒を飲んでしまったこともあるが、もう一度、一から出直して、今年の十二月には、断酒十年表彰がされる予定だ。

64 病気と才能

かなり以前の話であるが、ある日某氏から「統合失調症なのに、詩やエッセイが書けるの？」という話を聞いたことがある。素朴な質問で、その人は統合失調症というと、文字どおり「統合」が「失調」していて、書くなどということはとてもできないと考えていたらしい。あるいはこれまで、重症の患者だけを見ていて、回復過程にある人を知らなかったので、そのように思ったのかもしれない。しかし、現実には統合失調症といっても、人それぞれに様々な症状がある。病気の波が激しく、それに翻弄されている時期と、病識がもてるようになり、回復に向かっている時期とでは、同じ個人でも大きな違いがある。

病気になっても、なお残されている力。できることできないことの範囲も変動し、かつ個人差がある。総じて病気になる以前にできていたことは、病気の波や薬の副作用によってできなくなったり衰えたりするが、ある程度回復すればまたできるようになる。ピアノを弾けていた人はピアノを弾け、絵画の得意だった人は絵が描ける。詩やエッセイについても同じである。病気をテコにして、さらに人間的に伸びていく人もいれば、病気に打ちのめされてできなくなっていく人もいる。これもまた人によって様々である。

わたしは講演などで、元プロ野球選手の清原の話をすることがある。「清原元選手が統合失調症になったら、どうなるか？」という質問を、会場の参加者に投げかけてみることがある。わたしは自分が発した質問に答える。清原が統合失調症になれば、おそらくは、プロの世界ではもう生きていけないだろう。病気そのものによるしんどさ。薬の副作用によるしんどさがあって、疲れやすく、根気が続かない。プロの世界からは、引退せざるを得なくなる。しかし、それでも、あなたたちよりもはるかにうまい野球ができるだろうと、話をする。草野球レベルの人たちより、守備も攻撃もうまいだろうと話をする。統合失調症だから、何々病だからできないと、決めつけるのは間違いである。またその反対に、あの人はできるから病気ではないと決めつけるのも、間違いである。できないことが多いと、駄目な人間と思われる。なまじっかできると、五体満足なだけに、努力が足りない、さぼっていると思われやすい。できてもできなくても、批判の眼にさらされやすいのが統合失調症だ。

精神病は、外から見ただけでは分かりづらい。病気そのもののしんどさ、薬の副作用によるしんどさ、そうしたものと折り合いをつけ日々生きているというのが実際のところである。どのように折り合いをつけ、どのように生きようとしているかは、これまた人によって様々である。危険なのは、何々病だから何々だと決めつけてしまうことだ。

薬を飲まなかったために病状を悪化させてしまった苦い経験をもつ。またわたしの周辺の人たちのなかで、薬を飲まないで、症状をぶり返してしまう人も多く見かける。どこまでが病気で、どこからは薬の副作用かは判別が難しいが、集中力・根気力・持続力が衰え、疲れてしまいやすい。音や声が無整理に入りやすいので、人込みは苦手だ。季節の変化や、新しいことに対する刺激に弱い。人間関係やもめごとには気を使いすぎてしまい、本当に疲れてしまいやすいのである。

疲れや混乱の度合いも人それぞれで、また日によって時間によって変化する。病気には病気の特性があり、だから医者も病気によって処方を変える。だが人間は思っている以上に、多様な生き物である。そして、人間らしく、自分らしく生きたいという本能は、たとえ病気であっても持続されている。もともと病気の人もそうでない人も多様なのだから、できると決めつけるのもできないと決めつけるのも間違いである。統合失調症になったとしても、天才的な力を発揮する人もいればその逆もいる。それが自然というものだろう。カフカも芥川龍之介もゴッホもムンクも、おそらくは統合失調症だったのだろう。天才的だと評価されている人でさえ、病気になるときはなるのだ。精神病は誰もがなりえる可能性をもった病気で、統合失調症だけでも、百人に一人はいるのだ。わたしも含めて、多くの精神病者は、天才でもなく、無能力者でもなく、その中間をウロウロしている。

65 幻聴について

わたしの統合失調症は、医学用語でいう寛解（かんかい）の状態にある。症状がある程度おさまり、日常生活がなんとかおくれるようになった状態をいう。病気が完全に治ったわけではないので、いまだに抗精神病薬のエビリファイとドグマチール、それと睡眠薬のエバミールを飲んでいるが、日常生活に大きな支障がない程度には回復している。朝から晩まで、幻聴を中心とする幻覚や妄想に振り回されていた状態を十とするなら、今は三ぐらいである。老若男女、知っている人、知らない人の声が、はっきりと聞こえていた頃もあったが、今は明確な声での幻聴はない。人込みのなかにいるときや疲れているときなどに、何か声が言ってるような言ってないような感じがあるだけである。それは眠りにつこうとしているときにもある。聞こえるか聞こえないかの感じで、誰かがムニャムニャと言っているようで、気にかかってしまう。対処方法として、ＣＤをかけて眠ることにしている。ＣＤを聞いているうちに、たいていは眠りに入ることができる。

幻聴で困るのは、目の前にいる人の実際にしゃべった言葉が、そのとおりの言葉として耳に入らず、違った言葉すなわち幻聴で聞こえてしまう場合だ。その人がそのようなことを言うはずがない、あるいはこの場で、このような言葉を言うはずはないという常識ももっているので、今聞いた言葉は、幻聴ではないかと思ってみる。自分のことをけなしたり、馬鹿にした声として聞こえることもあるから大変だ。実際には、その人は、そのようなことは言ってはいないだろう。これは幻聴だろうと解釈する。そうすることで、余計なトラブルを防いできた。

というのも、幻聴は実際の声や音を遮断して、あらたに別の声や音を吹き入れるという機能をもっている。昔、働いていたころ、職場ではラジオがあって、ＦＭ大阪を流していた。ラジオを近くで聞いていると、普通にＦＭ大阪らしい会話や音楽が流れている。しかし、仕事の関係で、少し離れた場所、音量の小さな場所に行くと、「何をぼやぼやしてるんだ」「暴力団だ。ぶっ殺すぞ」などの声が聞こえる。ＦＭ大阪にしてはおかしいと判断できるのである。つまり、実際のＦＭ大阪の音楽や声が遮断され、別の声が聞こえてくるのである。

似たようなことは犬や猫の鳴き声が、人間の言葉として聞こえる。社員旅行でグァムに行ったことがあり、現地の人が英語か現地の言葉でしゃべっているはずなのに、日本語で聞こえる。しかも、わたしのことについてとやかく言っているのである。換気扇やクーラーの音がしゃべる。小便をすると小便の音さえしゃべるのである。目の前の人がしゃべったからといって、本当にその人がそう言ったかは疑わしいときが多々あるのだ。本当に言っているのかどうか、絶えず取捨選択し、判断しなければならないので、緊張状態に置かれ、疲れてしまいやすい。

ある日、五十代ぐらいの女性から電話相談があった。話し方はしっかりとしていて、ふつうに話すのだが、スーパーに買い物に行ったら、レジの人に「馬鹿」とか「おかしい人」と言われて、腹が立っていると言う。「客商売の人が、そんなことを言うはずはないんですけどねえ」とやんわりと否定してみたが、「いや、はっきりとそう言いました」と譲らない。こういうときは、それは幻聴だと言っても、聞き違いだと言っても、本人は納得しない。「馬鹿とか、おかしい人と言われたら、確かに傷ついて、腹も立ちますよね」と一応は一歩下がって、相手の立場を受け入れる。それからおもむろに切り出す。「電話で聞いている話し方では、あなたはおかしい人ではありませんよ。おかしいなんて言う人のほうがおかしいんですよ。そんな人のことを気にしていたら、あなたのほうがしんどくなるだけですよ」と言って、とりあえず、腹立ちを押さえてもらうことにした。

その後も、その人からは何度も電話があった。管理人さんがわたしのことを、「馬鹿」と言った。隣の家のご主人が、わたしのことを「犯してやる」と言った、などと似たような話が続く。わたしの幻聴体験を話しても、「いいえ、わたしのは幻聴ではありません」と言う。否定してもだめで、「気にしないほうがいいですよ」と言うしかない。

66 断酒会

一九九六年九月、五十一歳のときに断酒会に入った。当時は堺断酒会泉北支部と言っていた。今は堺市泉北断酒会となっている。上部団体として、堺市断酒連合会、大阪府断酒会、さらに全日本断酒連盟がある。堺市泉北断酒会の会員数は、今年の四月で四十一名。十九年前に新米だったわたしも、今は三番目の古株になっている。毎年、十名前後の人が入会し、ほぼ同じ人数が、退会したり死亡したり高齢のため参加できなくなったりする。例会は毎週月曜日、祝日や振替休日の場合は火曜日、夜の六時四十分から八時三十分まで行っている。わたしは事務局員をしているので、六時前後には例会場所に着き、病院が発行している出席証明カードに、証明するわたしの印を押したりしている。

流れ流れて十九年。例会には、堺市泉北断酒会の会員だけでなく、アルコール専門病院に入院中の人や、他の断酒会会員も参加するので、おおよそではあるが、千人ほどの人たちの体験談を聞き、その人たちの変化も見てきた。当然のことながら一人ひとり違い、一言で、「アルコール依存症者とはこのような者である」と枠組みできない多彩な物語がある。依存症からの回復過程も様々である。酒を飲んでしまったという失敗例も、反面教師となり、飲めばどうなってしまうかが分かり、自らの断酒の意志を強くすることができる。この辺は統合失調症とも似ている。統合失調症も多種多様である。薬を飲まなかったりなどして、病状を悪化させている人を見ると、それが教訓となって、自らの病状をコントロールしなければならないと思うようになれる。

これからは「ピアの時代」と言われるようになっている。同じ病などをもった仲間が、対等の関係で、互いに接し、交流しあう。緊急時には医療も大切であるが、その回復過程にある生活の場では、仲間を作り、仲間同士が共に支え合い、共に元気になっていく、ピアの効果が評価されるようになった。ピアとしての活動が、医療や福祉の専門家の援助より、より病状の回復に役立っていることが認められるようになってきた。「自助グループ」とも言われているピア活動は、Ａ・Ａ（アルコール依存症の自助グループのひとつ。アルコホーリクス・アノニマス）や断酒会がその走りである。断酒会は平日でも、どこかで例会をしている。ほとんどの日曜日、記念大会や一日研修や一泊研修があり、特に初期のころは積極的に参加することが望まれる。断酒会は「体験談に始まり、体験談に終わる」とも言われている。自分が酒を飲んで周囲に迷惑をかけたこと、自分が酒をやめられなくて、苦しい思いをしたことなどが語られる。また、「断酒は仲間と共に」とも言われ、握手をし合ったり、声をかけ合ったりする。「回復」ではなく、「新生」をめざしている。酒を飲まない自分に戻るだけでなく、酒を飲まなければならなかった自分そのものを、変革することを目標としている。

断酒会では「断酒」と言っても、「禁酒」とは言わない。禁酒の場合は一定の期間飲まないで、目標が達成されれば、飲んでもいいことになっている。しかし、断酒はそうではない。たとえめでたい席であろうと、正月や祭りであろうと、死ぬまで一滴の酒も口にしない。禁じるのではなく、断つのだ。禁酒とはこころがまえが違うのである。もちろん失敗して、酒を飲んでしまうこともある。しかし、仲間によって、飲まないでおこうと励まされる。断酒会を離れないで、例会を大切にし、出席を続けていれば、失敗することはあったとしても、完全に酒をやめられるようになる。なん十年と酒をやめ続けている先輩がいるので、自分もやめられるのではないかという、期待や希望をもつことができる。

断酒会は、国や市町村の補助金で、運営しているのではない。従って、会員は毎月、断酒会費を払う。ちなみに、堺市泉北断酒会の会費は、月に一六〇〇円である。一日研修会などが、いろんな断酒連合会で催されるが、だいたい、弁当つきで一〇〇〇円か、一五〇〇円である。ほとんどの日曜日が、一日研修会や、一泊研修会や、記念大会や、全国大会や、近畿ブロック大会で埋めつくされている。もちろん、参加費と交通費は自腹である。金と時間と体力のある人は、できるだけ参加するよう呼びかけている。わたしは、金も時間も体力もないので、年に三カ所ほど参加するだけである。

67 続・断酒会

浄土真宗の親鸞の教えを弟子がまとめたものとして『歎異抄』がある。「善人でさえ往生することができる。ましてや悪人ならなおのこと往生できる」というのが、教えの根幹である。わたしなりの解釈であるが、沈み込んだ人ほど、そこから抜け出ようとする浮力も、より大きなものとなるのだろう。底の底まで落ち込んだ人が、そこからはいあがろうとするとき、ふつうの人には考えられないほどの気迫がある。「いのちを賭けて飲み続けてきた酒、いのちを賭けてやめ続けます」と、自分の体験談の終わりに、締めくくりの宣言をする人もいる。前回に続いて、今回も断酒会について書く。

断酒会では、「底打ち体験」ということが言われる。何をもって底と認識するのかは、人それぞれであるが、アルコール依存症は進行性の病気であり、次から次へと失くしていくものが増えてくる。もうこれ以上は、ダメ、酒を断つしかないと思える時点が、「底」である。わたしの場合は、もうこれ以上、妻や子供を苦しめたくはないというのが、「底」であった。進行性なので、気づかなければ家庭を失くし、職を失くし、友だちを失くし、最後は命さえも失くす。

例会の初めに、司会者は「酒を飲んで人に迷惑をかけた話、自分が一番苦しかったときの話をしてください」と言う。いかに周囲の人を苦しめてきたか、自分さえも苦しめてきたかを語る。自分がしてきた「悪」の気づきである。わたしなど足元にも及ばないような「悪」が語られる。そして、断酒会生活十九年のわたしが知ったことは、より悪人であったほうが、そのことに気づけばより善人になれるという、まさに『歎異抄』であった。中途半端な善人よりも、極悪人と言われてもしかたなかった人のほうが、一旦気づけば、驚くほどの善人になれるのである。自分が苦しんできたがゆえに、これから酒をやめようとする人の苦しみもよく分かるのである。そういう人の体験談は、気迫に満ちている。体当たりで、仲間と接しようとしている。

自分だけが酒をやめるのではなく、酒に悩んでいる人へ手を差し伸べる。仲間として温かく迎え入れる。長年にわたって酒をやめ続けている先輩だからといって、おごり、たかぶらない。入院中のアルコール専門病院から参加した人、昨日今日酒をやめ始めた人に対して、「われわれの先生だ」と言う。なぜならその人たちは、自分がしんどかったときのこと、酒をやめようと思った初心のころを、思いださせてくれるからだ。「飲めば死んでしまうという、いのちまでかかっている。その人たちは、酒をやめようとして、ワラにもすがるような気持ちで、断酒会にきている」とも言う。みずからもアルコール依存症者であったがゆえに、アルコール依存症者の気持ちに寄り添えるのだ。

断酒会は、アルコール依存症者を作らないための啓発活動もする。飲酒運転撲滅キャンペーンのために、行政の人たちとも協力して、街頭でティッシュを配ったりする。パッチテストといって、アルコールが飲める体質か、飲めない体質かを検査するコーナーを設け、集まってくる人に、酒を飲みすぎないように訴える。歳末助け合い運動のカンパや、熊本地震の募金活動などもする。その生き生きとした表情は、入院患者しか見ていない病院スタッフも不思議がるほどだ。でも、不思議でもなんでもない。地域で仲間と共に過ごしているからだ。仲間と共に断酒の道を歩んでいるからだ。仲間と共に歩む大切さは、統合失調症や、他の精神病者についても言える。

〈忘れちゃいけない十二の法則〉感謝することを忘れるな。助けることを忘れるな。想う気持ちを忘れるな。真っすぐさを忘れるな。痛みを忘れるな。孤独を忘れるな。寄り添うことを忘れるな。泣くことを忘れるな。笑うことを忘れるな。抱き締めることを忘れるな。愛することを忘れるな。大切な人を忘れるな。

堺市泉北断酒会の、『泉北通信』五月号より転載させていただいた。いかに悪人であったか、そのことを忘れないためにも、断酒が続いていても、断酒会に通い続けたい。断酒会では回復という言葉をあまり使いたがらない。回復とは元の状態に戻ることを言うが、元の状態に戻っただけでは駄目なのである。問題のある酒の飲み方しかできなかった、自分自身を変革していかなければならない。

68 相模原事件

精神科病院への入院形態は主に三つある。任意入院・医療保護入院・措置入院である。任意入院は本人の意思で入院を希望するものであり、自分が病気だという認識をもっていることが多い。自宅で生活しながら通院するのではなく、入院治療によって、病気を治してもらおうとする。医療保護入院は本人の意思にかかわりなく、親・配偶者・親族などの同意を得て、病院側が入院させる。措置入院は自傷行為や他害行為をした人を、二人の指定精神科医の判断で入院させる。これも本人の意思に関わりなく、精神科病院に入院させることができる。自傷行為とは、自殺しようとするなど、自分を傷つけてしまう行為である。他害行為とは、他人(親なども含めて)に暴力をふるったり、ときには他人を傷つけたり、殺したりしてしまうケースである。措置入院は、警察によって、精神科病院へ運ばれることが多い。

わたしの場合、一九八一年四月、三十五歳のときに、妻に連れられて、アルコール専門病院へ行った。「あなたはアルコール依存症ではありません。精神分裂病(統合失調症)です」と言われ、翌日に他の精神科病院を受診した。医者は入院を勧めたが、妻が反対してくれた。わたしは、長男が二十八歳で誕生したあと、三十三歳でマイホームを買った。ローンが始まったばかりなのと、発病当時、長女の出産が予定されていて、働かなければならない状況下でもあった。当時のわたしは、自分が病気だという認識はなく、巨大な敵が秘密兵器を使って、わたしの肉体・感情・思考を攻撃しているのだと思っていた。

妻が入院に反対したので、医療保護入院にはならなかった。わたしは、自分が病気だとも思っていなかったので、入院する気などさらさらなく、したがって、任意入院にもならなかった。警察沙汰になって、措置入院になる可能性はあった。しかし、自傷行為や他害行為をしないでいたので、措置入院ともならなかった。

二〇一六年七月二十六日未明、世間を震撼させた、重大な事件が起こった。障害者施設『津久井やまゆり園』で、十九人が殺害され、二十六人が重軽傷を負うという事件であった。植松容疑者が措置入院で精神科病院に入院していたが、措置を解除され、退院していたことが問題視された。今、措置入院の見直しが叫ばれ出している。しかし、政府などの考えていることは、医療の質を充実させる方向ではない。退院への壁を強化する、退院後の監視体制を作るなど、精神医療を治安の道具として使う方向に走りつつある。池田小事件のあともそうであったが、加害者一人の犯罪行為をもってして、今後の精神障害者全員の施策にすり替えようとする議論が起こっている。池田小事件のあと、『医療観察法』ができてしまった。

そもそも今回の犯罪は、精神病がゆえに犯した行為であろうか。鑑定結果も出ていないので確かなことは言えないが、植松容疑者は精神病以前の重要で根本的な問題として、障害者に対する強烈な差別思想があり、それが犯罪への動機となったように思える。二月頃、衆議院議長にあてた手紙には、「わたしは障害者を抹殺することができます」「わたしの目標は、重複障害者が安楽死できる世界です」「障害者は不幸を作ることしかできません」などと、書かれていたとのことである。

ナチスドイツは、ユダヤ人だけでなく、二十万人以上の障害者を殺した。障害者を「生きるに値しない命」と呼び、殺害することを「安楽死」と言った。植松容疑者もヒトラーの優生思想を狂信していたようだ。優れたものだけが生き残らなければならない。障害者は邪魔なだけで、生きるに値しない。こうした差別思想が、植松容疑者にもあって、それが今回の犯罪の根底であったように思える。精神が錯乱して、起こしたような事件ではない。結束バンドまで用意するという、計画的な犯罪なのだ。今回のような犯罪を未然に防ぐには、措置入院の強化ではない。障害者をじゃまにするのではなく、障害者と共に生きる世論が必要だ。障害者にもやさしい街が、多くの人にとっても、優しい街になれる。

69 医療保護入院の犠牲者

二〇〇三年から、ヘルパーステーション『ふわり』の登録ヘルパーをしている。利用者は精神障害をもつ人がほとんどなので、身体介護よりも家事援助や話相手が中心となっている。主に調理や掃除であるが、洗濯や買い物をする利用者もいる。多いときは週に五回、二時間枠なので十時間働いていた時期もあるが、今はわたしも七十一歳になったので、週に一回二時間だけにしている。一人を受け持っているだけである。その人を仮にAさんと呼ぶなら、Aさんとの付き合いは十一年にも及ぶ。二〇〇五年八月、当時、退院促進支援員（のちに地域移行支援員と名称を変更）をしていたわたしは、Aさんの退院に向けてのお手伝いをすることになる。無事、二〇〇七年三月に退院できることになったが、Aさんは二十三年もの長期入院をさせられていたことになる。ヘルパーを利用するには、Aさんは受給者証を申請しなければならず、それが下りた八月からヘルパーを続けることになった。わたし六十二歳、Aさん六十三歳である。

ヘルパーに行き出した当初、Aさんは「二十三年も入院させられた。せめて、四十代で退院させてほしかった。それなら働くこともできたかもしれないし、結婚もできたかも知れない。六十三歳ではどうしようもない。退院させてくれなかった父親を恨む」と、わたしに対して、父親への怒りをぶちまけていた。

精神科病院はいまだに特殊なところがあって、本人の意思がじゅうぶんに尊重されているとは言い難い。自分の意思で入院する任意入院でさえ、退院させてほしいと頼んでも、医師の判断で退院させてくれないこともある。Aさんの場合、医療保護入院であった。本人の意志ではなく、保護者（親・きょうだい・配偶者・親戚など）の都合や、意志によって、入院させる形態である。Aさんの場合は父親が保護者となっていた。母親は若くして、亡くなっていた。

父親はガンのため九十三歳で他界した。実家を受け継いでいた八歳年下の妹が、Aさんの保護者となった。そして、このころ、退院促進支援事業の利用者として、Aさんが認められた。自立支援協議会で、退院促進支援事業の利用者として認められるには、本人の退院の意志と、病院長（実際のところは主治医）の許可がなければならない。わたしが、退院に向けてのお手伝いをすることになった。二十年以上も入院していれば、浦島太郎状態である。電車に乗るときの切符も、自動販売機で買うことになっているし、銀行の預金の引き出しも、ATMでする。街の様子もすっかり変わっている。体力も大幅に落ちてしまっている。主治医が退院をOKするには、クリアーしなければならない課題が幾つもあった。妹さんも当初は退院に反対していた。地域活動支援センターで、ケアマネもしているNさんが、妹を説得した。妹さんひとりでAさんの面倒をみる必要がないこと、地域で生活していくうえでのいろいろな制度があって、いろんな人から支援が受けられることなどを説明した。妹さんとの同居ではなく、アパートを借りて一人で住むということで、妹さんも退院に納得した。

病院とは本来、退院に向けて治療を施すところであるにもかかわらず、姥捨山に捨てるように精神科病院に捨てる親もいる。そして、そのことを疑問にも思わず、精神科病院が受け入れてきた長い歴史がある。それが今日、七万人もの社会的入院者と言われる人たちを作ってきている。最近の話であるが、Aさんは「自分は犠牲者だ」と言うようになった。親は死んだのでいまさらどうしようもないが、裁判を起こして病院を訴えたいと言う。Aさんの言い分は次のようだ。自分では病気も良くなっているように思えるので、父親に退院させてくれるように頼んでみる。父親は先生から退院の許可が出ていないからと拒否する。主治医に退院を頼んでみると、保護者から退院の要望がないから駄目と言われる。保護者と医師の間で、責任を譲り合い、結局どちらも責任を取らないまま、延々と入院させられた。病気に対する説明もほとんどなく、退院に向けてのアプローチもなく、二十二年四カ月も精神科病院に閉じ込められた、と言うのである。残念ながら病院を訴えても、裁判に勝ち目はない。おかしな制度ではあるが、精神科医療ではまかり通っているのである。

70 精神科病院の訪問活動

『NPO大阪精神医療人権センター』から依頼されて、ボランティアとして療養環境サポーターをしている。大阪府下にある精神科病院を訪問して、病院の療養環境が整っているか、ハード面を見たり、入院患者からの聞き取り調査などをする。改善してほしい点などあれば、病院側に要望したりなどしている。例えばカーテンレールが設置されているか、電話機のある場所のプライバシーは守れているか、ベッド脇に拘束帯が置かれたままになっていないか、トイレは清潔感が保たれているか、数は足りているか。貴重品などをしまっておく、カギのかかる引き出しやロッカーはあるか、ポータブルは用を足すとき見えない工夫がなされているか、ナースコールがあるか、主治医や看護師やCW（社会福祉士）が分かるようになっているか、人権に関する問題などがあった場合、その電話先の番号が表示されているか。廊下の手摺りや、飾りや掲示物はどんなふうになっているか、デイルームの広さはどうか、テレビはあるか、浴室はどうなっているか、などなどである。

入院患者への聞き取りは、入院してどのくらいになるか、主治医から病気のことや薬のことについて説明を受けているか、診察はいつどこで行われるか、退院に向けての話や計画書はあるか。職員の対応の仕方はどうか、服薬場所はどこで、どのようにして飲んでいるか。金銭管理は自分でしているか、病院側でしているか、どのくらい使っているか、病棟から外出することはあるか、病院の敷地から外に出ることはあるか、外泊はあるか。風呂は週に何回入っているか、食事はおいしいか、量は足りているか、冷暖房の効き具合はどうか。どのようにして病院生活を過ごしているか、CWや看護師に相談したいとき、親切に聞いてくれているか、何か心配・不安に思うことはないか、もう少しこうしてほしいことなどはないか、などなどである。

だいたい三年ほどかけて、大阪府の精神科病院を一巡している。四名から六名の人が、二班、ときには三班に別れて、受け持った病棟を訪問する。最後に病院側と話し合いのための席が設けられる。気づいた点、こうしたほうがよりよいと思われる点などを、療養環境サポーターから話をし、病院側も受け答えをする。NPOで、職員として中心的役割をしている人が、病院側とのやり取りをするので、ボランティアであるわたしは、ほとんど聞いているだけである。また毎回は参加できず、今のわたしの病院訪問は、年に五回ほどである。二時から始まって、五時頃には終わる。病院側ともすり合わせをしたうえで、『人権センターニュース』に、病院訪問が活動報告として紹介される。病院側としても、宣伝にもなって、メリットがある。

療養環境サポーターは昔はオンブズマンと呼ばれていて、まだそう呼ばれていた二〇〇七年から、わたしは参加している。ほぼ三年で、大阪府にある精神科病院を一巡するので、二回目の訪問となる病院もある。前回にはなかったカーテンが設置されていたり、トイレが見違えるほどきれいになっていたり、電話ボックスに囲いがされて、プライバシーが守れるようになっていたり、看護師やCWの写真が廊下に張られていたり、ベッドの周辺に拘束帯がおかれていなくなっていたり、改善点が見られると、わたしも嬉しくなる。ただ、どの病院も長期の入院患者が多い。聞き取り調査でも、主治医からは退院についての話はまったくないという。退院しても住む場所がないと、本人もあきらめている。療養環境については、意見具申もできるが、治療内容、ましてや入退院については、口をはさむわけにはいかない。病状が落ち着いているのに、退院ができない人が多くいる。いまさら、病院を離れて、社会で住むのは不安だと言う。それよりも、病院にいるほうが安心だと言う。こころが痛む思いで帰ってくる。

サポーターが病棟内にいるのはたかが三時間である。訪問が終われば、ふつうの人として、社会生活を送る。喫茶店にも行くし、カラオケやボーリングもする。金と時間と体力があれば、自由に好きなことができる。しかし、一歩病棟内に入れば、カギで閉められてしまう。三時間がすめば解放されると分かってはいるが、いまだにカギで閉鎖された空間に慣れないでいる。

71 電話相談での事例

おたがいの体験を分かち合うので、『分かち合い電話』と呼んでいるが、精神病の当事者が同じような病をもった人の電話相談を受けている。個人の自宅電話や、個人のケイタイでの対応だと、リスクもあり大変すぎるので、決められた場所で、決められた曜日や時間枠で、話を聞いている。わたしの場合、火曜日の二時から五時までは『ぽちぽちクラブ』、水曜日の二時から四時までは『ほっとほっと』の電話機の前で待機している。『ぽちぽちクラブ』は二〇〇四年の四月から、『ほっとほっと』は二〇〇一年の十一月から始まっている。電話番号は『ぽちぽちクラブ』が06・6796・9297。『ほっとほっと』が072・296・8889である。電話相談もあるにはあるが、主として体験の分かち合いとして位置付けている。実際にも、具体的な相談よりも、自分のしんどさを分かってほしいという電話内容が七割以上を占める。お互いに病気の情報交換をしあい、話すことで、少しでも気持ちが楽になってくれればと願っている。

電話を受けていて感じることは、まだまだ精神病に対する世間の偏見、無理解などのために、孤立させられている当事者が多いということである。世間というようなものではなくて、親や配偶者や友だちからも、病気の理解が得られないで、寂しい思いや苦しい思いをして、そのために病状の回復を遅らせている人が多いということである。

守秘義務があるので詳しくは語れないが、保護者が保護者として適切でない場合もある。A子さんの場合、三十代の子育て中にうつ病を発症した。ふじゅうぶんながら、しんどいなかで、家事をこなし、子育てもしてきた。離婚はされなかったが、夫は妻が病気であることを隠しておこうとした。「子供にも、病気のことは絶対に話すな」と、言い渡された。息子が二人いるが、これまで一度も自分がうつ病であることを、話してこなかった。体を動かすのもしんどくて、掃除や弁当作りを手抜きしてしまった。子供から、「お母さん、ちゃんとしてくれんと駄目やないか」と抗議された。しかし、子供には何も言えなくて、できない自分を責めた。夫は障害者手帳を取ることにも、障害者年金を貰うことにも反対である。地域活動支援センターなどに行って、精神の病をもつ仲間とふれあうことにも断固反対である。夫は妻がうつ病であることは知っているが、自分の勤めている会社、子供、親戚、知人などに、病気であることを知らせないように、徹底してもとめる。頑固であり、ワンマンでもあった。離婚も考えたが、子供のことや生活のことを考えて、踏みだせない。一応の家庭はあるが、ますます孤立を深め、より気分を重くしている。妻の精神病を隠しておこうとする夫の態度が、妻にとっては大きな負担になり、病状の好転を遅らせている例ともいえよう。

B男さんの母親も適切な保護者とは言えないだろう。B男さんは二十歳前に統合失調症になった。何回か医療保護入院で、入退院を繰り返し、今はすでに四十代になった。母親は統合失調症に対する理解がない。だから、病気の症状に対する寛容力もない。働こうとはしない、ちょっと家庭内で暴れてしまったなどの理由で、すぐに入院させてしまう。入院までは必要がないのに、やっかいものばらいをするように病院にほうりこむ。それが長期入院につながってしまう。生活保護でも受けて、母親から離れて暮らすほうが、Bさんのためにもいいだろう。そうすれば、入院までしなくても、地域で生活ができていくのである。

Aさんの場合も、Bさんの場合も、根っこは同じである。そこには精神病に対する偏見と無理解がある。本来は精神科病院は治療をするところであって、閉じ込めておくところではない。治療され、ある程度回復すれば、病状が残っていたとしても、地域で生活できる。たとえ、幻聴が聞こえたりしていても、病気のせいだと分かっていれば、対処できる。病気を秘密にしておこうとするのも、精神病は悪い、恥ずかしいものだという偏見からである。ちゃんと治療されれば、地域で暮らしていける病気でもある。にもかかわらず、病院に閉じ込めようとする親がいる。それをなくすために、微力ながら活動していきたい。

72 断薬について

アメリカのダニエル・マックラー監督の映画、『精神科治療薬から離れる：こころの集い』を観る機会があった。精神科治療薬の服薬体験者など、二十三人が集まって、断薬を継続している人、その過渡期にある人などが、自らの服薬の体験や、薬を断つための知恵を語り合う。七十五分間のほとんどが参加者たちの早口の対話であった。日本語の字幕版だったので、文字を追うのが大変で、見終わったあとかなり疲れた。パソコンやスマホを持たないわたしには無理だが、ユーチューブからも、見ることができるらしい。

日本と比べて、はるかに精神科への在院日数が少ないアメリカでも、こと精神病の治療に当たっては、精神病薬が治療の中心を占めているらしい。日本との違いは、当事者の視点に立った運動が、はるかに進んでいるということだろうか。日本のように、主治医が主導して、なかば強制的に服薬させるというのではない。服薬ひとつにしても、当事者の立場から考え、本人が薬を選択するという風潮があるらしい。そして、薬を飲まないことも選択肢のひとつである。映画は、精神病の薬を飲まないでおこうとする人たちの、体験談に終始している。参加者二十三人によって、薬の離脱症状を乗り越える工夫や、病状を良くしていくアイデアなどが語られる。先駆者として、薬なしで生活をエンジョイしている様子が語られる。映画全体としては二十三人の断薬の体験を録画するというものであった。精神科の薬を飲むことをやめた人たちへの、賛歌の映画でもあった。

しかしわたしの場合、映画を見終わったあとも、薬をやめようという気にはなれなかった。断薬もケースバイケースで、薬をやめても大丈夫な人もいれば、そうでない人もいるのだろうと思った。精神病そのものの重さや軽さは、人によって様々だしかつ変化するものである。同じ薬でも、人によってよく効く人と、まったく効かない人もいる。副作用の出方も軽い人、重たい人がいる。まったく効かない薬ならば、飲んでも意味がないだろう。百害あって一利なしである。多種類や大量の薬も避けるべきだろう。どの薬が効果を発揮し、どの薬がまったく効いていないのかが、分からなくなる。

統合失調症などの薬を飲むと、体がだるく疲れやすくなる。頭の働きというか回転も鈍くなってしまう。しかし、幻聴や妄想に振り回されているほうが、もっと苦しく、辛くて大変なのだ。わたしの場合、薬によって幻聴や妄想を少なくしていくことができた。落ち着いた生活、安らぎのある生活、無理をしすぎない生活、生きがいのある生活を続けることで、薬の種類も量も減らしていくことができた。自分にとって効く薬ならば、多少の副作用があっても、病状が緩和されるほうを選びたい。

精神科医は、どんな薬があるかなど、薬の効用と副作用には詳しくても、自分自身が薬を服用するわけではない。薬を飲むことによって、体や精神や病状がどのように変化するのかは、医者よりも薬を飲む本人のほうがよく知っているのである。そして、当事者同士は、共有できる部分も多いが、同時にひとりひとりが違っているということも認識していないといけない。「おれの出す薬が飲めないのか」と言った医師が、自分も飲んでみて、三日間もぶっ倒れてしまったという話は、病気の仲間うちでは、有名な話である。

三十五歳で統合失調症を発病し、大量の薬を飲まされていた時期があった。こめかみが締め付けられ、よだれが出た。ロレツが回らず、同じ動作でじっとしていられないようにもなった。しかし、朝から眠りにつく夜まで、ひっきりなしに、機関銃の乱射のように聞こえていた幻聴が、雨垂れの音ほどにゆるやかになった。職場復帰し仕事に就くが、体がだるく、頭もぼんやりしていて、自分でも仕事がとろいと感じた。当時のわたしは病気だという認識もなかったので、かってに薬を減らしたり、まったくやめたりした。そのために病状が悪化して、何度も自宅療養をしなければならなかった。薬の副作用と折り合いをつけながら、生活してきた。今はエビリファイとドグマチールを一錠ずつ、朝夕に飲んで安定している。ところが娘の場合は、エビリファイは、落ち着かないという副作用が大変で、中止した。同じ薬でも、薬の効き方に個人差があることを学んだ。

73 自立支援法の十年

『自立支援法』ができて十年が経過した。十月七日に当事者の立場から、『あみ二〇一七年度フォローアップ研修・大阪　第一弾』に参加し、話題提供者として、話をする予定である。

変わったことといえば、通院医療費が五パーセントから十パーセントになった。国民健康保険の場合は、大阪府の助成で実質無料であったが、働いている妻の扶養になっていたわたしは、通院し薬をもらうごとに、倍の金額を請求されることになった。やがて慣れてしまうが、当初は妻に負担をかけることを心苦しく思った。妻が退職し、わたしも国民健康保険になったので、今は精神科への通院医療費は無料である。社会保険など、その他の保険の場合は、十パーセント負担になっている。

施設の運営方法も大きく変わった。これまではどちらかというとゆるやかな運営であり、働くことよりも、仲間づくりのほうが大切にされてきた。クラブ活動やミーティングが、重要視されてきた。仲間との触れ合いや、病気などの情報交換によって、病状コントロールがよりやりやすくなる。

『自立支援法』ができて、「自立とは働くこと」といった風潮に大きくシフトしていった。憩い型の施設は、補助金を大幅にカットされることになり、それでは経営がなりたたないということで、軒並みに就労継続支援B型に移行していった。民間企業も参入できることになって、精神病のことをあまり知らない人までが、スタッフとしてかかわるようになった。しかも時給六十円あたりが相場で、時給三百円の『泉北ハウス』などは珍しがられて、わざわざ取材に来るくらいである。就労継続支援A型だと、最低賃金は保証されているが、期間は一年半である。その後の就職までが保証されているわけではない。

昔は、地域活動支援センター、今はサポートセンターとも言われる憩い型の施設でも、就労継続支援B型と併用しないと、やっていけないような状況に追いやられている。スタッフの事務量も増え、結果としてメンバーと向き合える時間も少なくなっている。

施設を利用するのに、受給者証もいるようになった。そして、本人に収入がなくても、扶養者に市民税がある場合は、利用料を払うことにもなった。ちなみに、わたしの負担上限月額は九千三百円である。通いたくても通えない人が出てくる。法人やスタッフの苦労には、並々ならぬものがある。

変わらないものもある。『自立支援法』は三障害統一とうたっておきながら、交通費はいまだに半額にはされていない。補助金をカットすることによって、施設への福祉予算を削る、利用者からの利用料は増額する、経済的と事務的には、まったく負担増になってしまっている。その根本的な間違いは、「自立とは働くこと」という方向に大きくシフトしてしまったことにある。

精神障害者は精神の薬を飲みながらでないと、生活していくことが難しい。頭がすっきりとして冴える、モリモリと元気が湧いてくるといった薬ではない。その逆で、頭がぼんやりとしてしまう。疲れやすく、根気力や持続力が続きにくい。薬を飲むことによって、病状は緩和されるが、完全に治るわけでもない。病状の波や薬の副作用と折り合いをつけながら、なんとか生きているというのが、多くの精神障害者の実情である。

自立とは「自分の生きたいように生きる」ということではないだろうか。他人に決められたり、強制されたりしてするのが自立ではない。「わたしは自立しない」というのも、立派な自立である。なぜなら、そこには自己選択、自己決定があるからだ。人の世話になりながら、社会制度を利用しながら、地域のなかで、仲間のなかで生きているのは、やはり自立である。どこにも通所することなく、ひとりぼっちで生活保護を受けながらアパート暮らしをしていても、そこに自己選択があるのなら、それもまた自立ではなかろうか。時給六十円で働くことだけが自立ではない。これまで病院で囲われてきた精神障害者が、今度は地域で囲われるようなことがあってはならない。自己選択こそが自立である。経済的なこと、自分の能力的なことで折り合いをつけなければならないこともあるだろう。できること、できないことのあるなかで、自分らしく生きる。それが、自立だろう。

74 社会的入院

週に五回のヘルパーを、週に一回に減らした。時間に余裕ができたので、療養環境サポーターとして、ここ数年は、年に六カ所ほどの精神科病院を訪問している。オンブズマンと言われていた二〇〇七年から参加しているので、かれこれ十年、精神科病院を見てきたことになる。ハード面ではどこの病院もかなり改善されてきた。当初は、カーテンレールがなかったり、トイレが匂いすぎるなどの病院もあったが、今はない。ソフト面でも、いろんなプログラムを組んで、退院に向けて積極的な病院も増えてきた。早期発見、早期治療が言われ始め、それほど重症にならないうちに入院する人も多くなった。入院はせずに、地域のクリニックに通院して、自宅での療養と服薬だけで回復していく人も増えてきた。精神病によく効いて、副作用も少ないという新薬が開発されたことも大きい。たとえ入院しても、三カ月前後で退院するのが主流になりつつある。それにもかかわらず、平均在院日数は相変わらず三百日を越えている。五年、十年、二十年以上の入院者がいるからだ。この状況はほとんどの精神科病院で変わらない。病状は落ち着いていても、退院しても住むところがないという理由で退院させてもらえない。いわゆる社会的入院というもので、全国で七万三千人もいる。

アパート退院などで積極的に退院を勧めているA病院でさえ、二〇一二年の統計によれば、一年未満は三十五パーセントだけで、五年未満が二十二、十年未満が十二、二十年未満が十四、二十年以上は十六パーセントとなっている。実に六十五パーセントの人が、一年以上の長期入院となっているのである。一年以上も、閉鎖された空間、カギのかかった病棟に閉じ込めておくのはいかがなものか。精神科以外の他科では考えられないパーセントであり、ゆえに社会的入院として問題視されてもいる。そこでは当然のことのように、自由が大きく束縛されている。治療目的というより隔離目的となっている。長期に渡って、人間の自由を奪う社会的入院は、治療以前の問題として、人権を侵害する問題として受け止めねばならない。

入院を必要とするかしないかは、必ずしも病気の重さに比例しない。病状の重さよりも、患者本人が地域社会で生活していく環境が整っているかどうかのほうが、より重要視される。極論を言えば、本人、あるいは保護者が入院を希望しないかぎり入院とはならない。特別な状況として、警察沙汰になった場合には措置入院となる。わたしの場合、症状としては重かったが、妻が入院に強く反対したため、入院とはならなかった。症状の重さ軽さよりも、家庭や本人を取り巻く環境にサポート態勢があるかどうかが、入退院を決める大きな理由となる。このあたりも、病気の重さ軽さによって入退院を決める他科と大きく違っている。急性期には応急措置としての入院が必要な場合もあるが、それを過ぎれば必ずしも入院を必要とはしない。むしろ閉鎖的な空間で長年過ごすよりも、地域のなかで生活するほうが、より元気になれる。それもそのはず、肉体的にはどこも悪くないからである。むしろ大量の薬、長期の入院が肉体も精神もだめにしてしまう。

社会的入院と言われている人たちは、ほとんどが医療保護入院である。親が保護者になる場合が多いが、配偶者や親族がなることもある。長期にわたる社会的入院が起こってしまうのは、保護者が精神病について知らなすぎるからである。急性期を過ぎれば、長期に入院させておくよりも、地域で生活させるほうが、より元気になれるということを知らなすぎるからである。症状としては残っていたとしても、本人に合った薬を服薬していれば、一時は混乱していても、また落ち着いて生活できることを知らなすぎるからである。

わたしの場合、急性期を何度も経験したが、妻は入院はさせず、自宅療養と通院の道を選んでくれた。娘の場合は、食べるものも食べられず、部屋からも出られない状態になったので、入院することで急性期を乗り越え、三カ月以内で退院する道を選んだ。娘は症状が残っていても、退院してからのほうができることも増え、元気にもなっていった。長期入院は百害あって一利なしである。次号では、社会的入院解消の道を探っていきたい。

75 続・社会的入院

長期入院を解消するにはどうしたらよいか。極論を言えば、精神科病院は廃止して、精神科や心療内科などのクリニックだけにすればよい。ごく短期の入院設備だけを確保し、急性期を過ぎれば地域の生活に戻って、通院と服薬による治療を続けていけるようにすればよい。イタリアでは、すでに精神科病院を廃止した。それによって、社会に犯罪者が増えたわけではなく、病状が重症化したわけでもない。地域で生活することによって、病気を抱えながらも、自由を満喫している。「自由こそ最大の治療」ということが、イタリアでは立証されつつある。

ただ、イタリアの場合は国公立の病院がほとんどだったので、廃止の法律を作れば簡単に廃止することができた。日本の場合は、ほとんどが私立で国公立は少ないので、精神科病院の廃止そのものは難しい。どのようにすればよいか。よほどのことがないかぎりは入院させないことである。かりに入院したとしても、急性期を乗り切るための休養と服薬の調整に留めておき、症状としてはまだ残っていても、早期に退院すること、退院させることである。生命が危ぶまれるという以外は、入院までしなくても、地域のクリニックで、通院と服薬でやっていける。病状がありながらも、地域で生活するからこそ、地域で生活していくスキルも獲得できるのである。隔離された病棟内、自由が大きく制限された精神科病院で、できる治療には限界があるのである。長期間入院しているよりも地域で生活するほうが、はるかに治療としても効果があるのである。幸いにここ近年の日本では、クリニックの数も増えてきた。

入院という形態で患者を病院に抱え込んでもいけない。抱え込まれてもいけない。一年以上も、ましてや何十年以上も病院にいなければならないなどということは、その病院ではその病気を治す力のないことを立証しているようなものである。治す力のない病院にいつまでも留まっていても、治るわけがない。治せないのに入院させておくことは、もはや治療ではなく、隔離そのものに過ぎない。そのことを本人も家族も気づかなければならない。

ましてや日本の精神科病院は、カギのかけられた閉鎖空間である。多くの自由が束縛されている。最近は携帯電話の持ち込みを許可している病院も増えているが、いまだに認めない病院も多い。携帯にはカメラ機能もついているので、プライバシーが侵害されるとの配慮かららしい。しかし、実際のところは、患者同士で電話番号を交換しあったりして、親しくなったり、病気などについての情報交換もでき、より治療効果はあがっている。自由があるから人間は生き生きとしていられる。失敗もするから、そこから学んでもいける。最大の治療法は閉じ込められていることではなく、自由にある。娘が入院した病院は、携帯の使用が認められていた。携帯電話による友達づくりが、病状の回復にも役立った。

日本の精神科病院を廃止するのは難しいが、本人や家族がもう少し賢くなること、自分の身は自分が守るという意志をしっかりともって、安易に入院しないこと、入院しても長期入院にさせないことが大切である。自宅で生活できるにもかかわらず、一度入院してしまえば、まだ症状が残っているとの理由で退院させない病院も多い。そして、それをよしとする親も多い。親の馬鹿さ加減が、長期入院を許してしまう。親が積極的に退院を望めば、病院としては退院を許可する。そうすれば平均在院日数が三百日を越えることもない。退院させない精神科病院は自然と淘汰され、質の良い病院だけが生き残るだろう。繰り返しになるが、そのためには本人も家族も賢くならなければならない。

すでに長期入院している人が、地域で暮らすにはどうすればよいか。残念ながら退院促進（地域移行支援）事業は下火になっている。社会的入院の解消などと言っておきながら、国が本腰を入れていない結果だ。人権を守るという意味でも、長期入院患者は、日本の精神科医療の犠牲者だという観点に、今一度立つ必要がある。保護者の同意がなくても、本人の退院希望があれば退院できる。そのような法的制度が早急に求められる。

無駄な体験はない

病気になってよかったとか、障害者になってよかったとかという話をテレビで見たり、本などで読むことがある。人生の苦難をなめて、達観の境地に達した人だと、感心させられる。ひるがえって、わたしの場合はどうなのかと、今回のエッセイで自分に聞いてみることにした。

わたしには、統合失調症をメインにして、アルコール依存症との重複障害がある。ＡＣ（アダルトチャイルド）として生きてきたがゆえの、ものの考え方の歪みもある。精神的なものだけではなく内科的な糖尿病などもある。膠原病は幸いなことに完治した。それらの病気になったことがよかったかと問われれば、わたしの場合、現在はまだ複雑な心境である。素直によかったとは思えない。

統合失調症になっていなければ、仕事も積極的にやれていたはずだと思うし、アルコール依存症にならなければ、今も楽しく妻と晩酌をすることができていただろうと思える。ＡＣになっていなければ、幸せを素直に喜べただろうし、人への気遣いも少なくてすんで、もっと気楽に明るく生きられただろうと思う。糖尿病になっていなければ、一日に四回もインシュリンを打つ必要はなく、気軽に食事ができたはずだ。病気や障害はあるよりも、ないほうがよいように思える。事実、その渦中にあって翻弄されているときは、苦しくて苦しくてたまらなかったのである。

しかし、体験が生かされていることを知るときがやってくる。病気や障害をある程度コントロールできるようになったとき、病気や障害の悪い面だけでなく、よかった面もみえてくるようになる。もし統合失調症になっていなければ、月に百時間を越える残業や公休出勤で、とっくに過労死をしていたかもしれない。アルコール依存症にならなければ、そのまま飲み続けて、肝臓を傷めたり、トラブルに巻き込まれて、早々と死んでいたかも知れない。糖尿病になっていなければ不摂生な食事を続けて、これまた死んでいたかもしれない。

病気や障害になってよかったことは、何よりも、弱者だとかマイノリティーとか言われている人の気持ちが分かるようになったことだ。同じような境遇にある人との仲間づくりもでき、人と接する機会が増えた。そしてさらに、何よりも自分の体験を、自分ひとりだけに留めるのではなく、仲間のあいだで生かしていけるようになった。仲間だけではなく、その周辺の人たちにも生かしていけるようになった。『精神病とその周辺』の連載は、今回で一応の終わりとしたい。二〇〇五年から始まって二〇一八年まで、あしかけ十四年もかかってしまったが、自分の病気の体験や、それを通じての生きざまが、少しでも参考になってもらえればうれしい。

病気の渦中にあるときは、病気や障害になってよかったとは思えないものである。自らの病気と向き合い、ある程度、病気をコントロールできるようになる必要がある。さらには、援助されるだけでなく、自分も何かの役に立っていると思えることが必要である。自分の居場所、自分の生き方が見いだせたとき、初めて人は、病気や障害になってよかったと、思えるのではないだろうか。

わたしの場合も、仕事やボランティアや啓発活動に、体験が役に立っている。体験を生かした活動があることを知り、それを実践することで、生きがいを見いだし、より元気になってきたように思える。できないことやできにくいこともあるが、できることから始めようという気持ちにさせてくれた先輩や、スタッフのおかげである。精神障害者宅へのホームヘルパー、当事者講師派遣事業『出前はぁと』での講演活動、精神科病院を訪問する療養環境サポーター、退院に向けての支援員、『ぼちぼちクラブ』や断酒会などの当事者会への参加、電話相談員などなど。体験しているがゆえに、むしろ得意分野として活動できる。助けることによって自分も助けられるという、良い関係性のなかで、生き生きとしている自分をみつけられる。それは体験してよかったと思えることだ。わたしにも、病気や障害があってよかった、と思える日は近いようだ。少なくとも、無駄な体験はない。

添える花束

永井ますみ

石村さんは複雑な家庭環境で育ち、釜ヶ崎で暮らし、詩を書いた。私は一九七〇年に大阪へ出てきたので、その頃からの詩のグループでの古い付き合いである。彼は論客でありハンサムな(こんな言葉は古いけれど)顔立ちをしていて近寄りがたかった。

幸せな結婚をしたかと思ったら三十五歳の時に精神分裂病(統合失調症)の診断を受けた。幸福になった自分を肯定できなかったのが引き金と自己診断している。幻聴・幻覚・自殺衝動と闘いながら、統合失調症の病識を得たのは、五十一歳の時に堺市の泉北ニュータウンにできた『泉北ハウス』に通いだして、同病の仲間と出会ってからだった。病識を得ることによって幻覚を客観的に見られるようにはなったものの、世間の尺度で見ると落ち込むことが多かったという。

急性期の治療薬も自宅で飲み入院することなく、通院のみで克服していった。家族の承諾のもと精神科病院に送られて、そのまま何十年も留め置かれる、いわゆる長期入院を強いられることがなかったのも幸いだった。精神科病院への入院は、家庭でのその人の居場所をなくすことに繋がっているからだ。

支援される方から支援する方に廻って今の石村さんは多忙だ。詳細はこの本の中で語られているが、社会の中で生きていく知恵が随所に込められていて、読者は時に涙する。彼はヘルパー二級の資格を取り、精神病の人たちへの訪問ヘルパーをするようになった。病気の経験を生かした仕事や、ボランティアをするようになった。当事者講師をするようになり、電話相談を担当するようになった。長期に入院している人の退院を支援するようになった。病院を訪問し、改善点を提言するようにもなった。それらが今の彼の元気の源だろう。

このたび詩同人誌「リヴィエール」に連載してきたエッセイ『精神病とその周辺』を一冊にまとめることになった。まことにめでたい。この本と共に彼の逐一の体験と考えの推移などを一緒に辿っていただきたい。愛されるより、愛するほうが元気が出る。何か貢献できるほうが元気が出る。生きていて良かったと思える自分の体験を、自分一人にとどめるのではなく、仲間のあいだで生かし、仲間だけではなく、その周辺の人たちにも生かす。精神病は決して珍しい病気ではない。自己認識をして治療薬を医師との相談のもと、飲んでいれば普通に暮らしていける病気だと彼は強調する。一人の人間として大切にされる社会を作ることこそが必要なのである、という彼の話にしばし耳を傾けていただきたいと思う。

この頃、私たち詩を書く仲間の間では、詩集交換は交流のひとつの手段になっている。多くの詩集は本屋に並ぶことも少なく、友人たちのあいだで読まれて、部屋の本棚に収まる。

「エッセイ集をまとめたいのだが、資金がないので宝くじがあたるか、死亡保険で作るしかない」とリヴィエールの誌上に書いたのは石村さん自身だけれど、私が廉価で出すことを提案したら「これは広く読んでもらうべき本だ」と強く主張したのは小田悦子さんだった。そこで、手がけたこともない予約販売形式で資金をあつめ出版することにした。出版に関しては竹林館から多くの助言を得た。そして私たちの心を強くしたのは予約販売に応じてくださった、たくさんの仲間たちだった。思ったより早く予定していた額に近づいたので、出版することができる。リヴィエールやその元の「近畿文藝詩」からの仲間の方々、石村さんを取り巻く仲間の方々、ありがとうございます。ようやくひとつの形を取ることができました。たくさんの人々に読まれ、また廻し読みもされ、皆さまの心の奥底へ届きますように。花束ひとつ添えてお祝いの言葉にしたいと思います。

永井ますみ

二〇一八年八月

あとがき

二〇〇五年から、詩誌「リヴィエール」に連載し続けた『精神病とその周辺』を、一冊のエッセイ集としてまとめたいと思った。昨年（二〇一七年）六月から、こつこつと文の訂正や加筆を、ワープロでおこなってきた。連載では通し番号のみであったが、今回は、それぞれに小見出しをつけた。また、一編につきA5の二段組一ページであったのを、一段組で二ページと、大幅に加筆した。一ページだとどうしても、省略しすぎたり、尻切れトンボになりがちだったからだ。目次も作り、表紙のサブタイトルは、「詩人としての感性から／みずからの統合失調症その他と向き合う／知恵と生きざまの七十六編のエッセイ」にしようかと考えたりもした。

原稿としては、ほぼ準備が整った。ところが、その先に進めないのである。本を出版するにはかなりの費用がかかるが、わたしの預金残高は七万円しかない。諦めようかと思っていたら、リヴィエールの同人仲間から、予約販売にしたらという声があがった。永井ますみさんが、予約販売のチラシを作ってくれ、小田悦子さんが、ファックスの受付と、郵便振込の管理をしてくれることになった。

大阪精神障害者連絡会代表の山本深雪さん、NPO法人『ソーシャルハウスさかい』理事長の中本明子さん、NPO法人『えん』理事長の大石雅さん、出版社の竹林館などが、エッセイ集を広めるための呼びかけ人になってくれた。社会福祉法人『野のちから』、大阪精神医療人権センター、全国障害者地域生活支援協議会（略称・あみ）でも、予約販売の宣伝をしてもらえた。七月末で、予約は二百五十冊を超え、郵便振込やカンパが集まっている。詩人だけでなく、当事者や家族、その支援者、大学や専門学校で教鞭をとっている人、精神病に関心のある人などから、あたたかいこころが寄せられている。この調子で順調にいけば、十月頃には本を発行できそうで、一人ひとりの支援の輪に、ただただ感謝あるのみである。

『精神病とその周辺』は、医学書でもなければ、専門書でもない。高校時代から詩やエッセイを書き続けてきた一人の男が、三十五歳で統合失調症になり、五十一歳でアルコール依存症にもなった。この本は、専門家や支援者から見た精神病の世界ではなく、あくまでも一人の当事者から見た精神病と、それを取り巻く世界である。病気の体験や活動の体験が、中心となっている。統合失調症になって、三十七年が経過する。みずからの病気とどのように向き合い、どのように克服していったかが書かれている。また、当事者の視点から見た、精神病を取り巻くさまざまなことが書かれている。どのようにして、自分を取り戻し、元気になっていったかの参考になればと思う。

昔と比べて、精神障害者に対する偏見や無理解は少なくなった。ヘルパー制度など、地域で暮らしていくための福祉にも光が当てられようとしている。しかし、精神科医療の在り方をはじめとして、まだまだ不十分であると感じる。「体験した者でないと分からない」と言われることもあるが、どれだけ分かりやすい言葉で、ていねいに語ることができるのか、当事者の側にも責任があるようにも思う。眼のウロコが落ちるように、無理解や偏見がとれて、精神障害者への理解が少しでも深まればと念じている。そのような本になっていると、感じてくれる人がいれば、しあわせである。

竹林館の左子真由美さんには、世話になった。売れるかどうか分からない予約販売方式に賛同してもらえた。三日前に初校が届いた。言葉づかいの不統一なところや、文脈のおかしなところを指摘していただいた。レイアウトも洗練されていて、さすがプロの出版社の仕事だと感じた。ありがとうございました。本ができあがる十月が楽しみです。

記録的猛暑の続く、八月初旬に記す

石村勇二

石村勇二（いしむら・ゆうじ）

本名　近島 勇（ちかしま・いさむ）
1945 年 5 月、愛媛県西条市に生まれる。1956 年より大阪在住。
1981 年 4 月（35 歳）、精神分裂病（統合失調症）と診断される。
入院はせずに、自宅療養を重ねながら 10 年間勤める。以後、主夫業。
1996 年 7 月（51 歳）、アルコール依存症と診断される。断酒会に入り、
今も断酒を継続している。
2003 年（58 歳）頃より、精神障害者宅へのヘルパーや電話相談など、
多岐にわたって当事者としての活動を始める。

所　属　　詩誌「リヴィエール」同人、関西詩人協会会員

現住所　　〒 590-0106　大阪府堺市南区豊田 52-5

精神病とその周辺 ── 統合失調症と歩む

2018 年 10 月 15 日　第 1 刷発行
著　者　石村勇二
発行人　左子真由美
発行所　㈱ 竹林館
〒 530-0044　大阪市北区東天満 2-9-4　千代田ビル東館 7 階 FG
Tel　06-4801-6111　Fax　06-4801-6112
郵便振替　00980-9-44593
URL http://www.chikurinkan.co.jp
印刷・製本　㈲スズトウシャドウ印刷
〒 927-1215　石川県珠洲市上戸町北方ろ-75

ISBN978-4-86000-389-0　C0095